**LOS TESOSOROS DE LOS DIOSES**

# LOS TESOROS

## DE LOS

## DIOSES

L. A. MONTENEGRO

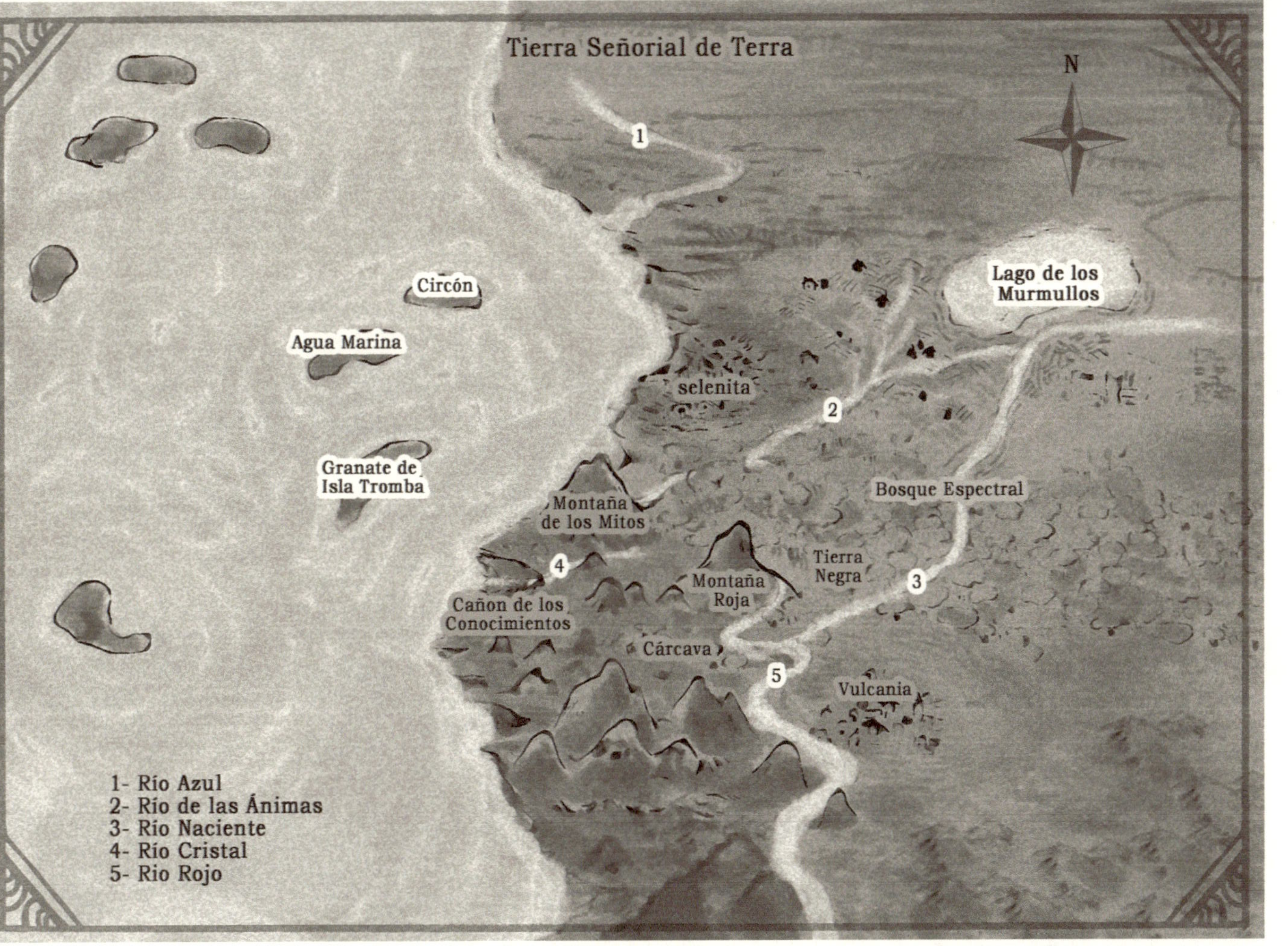

Tierra Señorial de Terra
N
Circón
Agua Marina
Lago de los Murmullos
selenita
Granate de Isla Tromba
Montaña de los Mitos
Bosque Espectral
Tierra Negra
Cañon de los Conocimientos
Montaña Roja
Cárcava
Vulcania
1- Río Azul
2- Río de las Ánimas
3- Río Naciente
4- Río Cristal
5- Río Rojo

# CORAL

## LOS TESOROSDE LOS DIOSES 1
## L.A MONTENEGRO

Desde que comencé a escribir fantasía, iniciando por "El corazón en la espada"; y al leer obras de este maravilloso género, me llamaron la atención los caballeros, dragones, y demás criaturas ficticias que variaban entre la mitología y las creaciones de los autores; sin llegar a agradarme los clásicos hechiceros. De apariencias imponentes, avejentados o con características más ordinarias, vestidos con largas túnicas negras y armados de místicos callados que invocaban extraordinarios poderes, los hechiceros lograron cautivar a una cantidad considerable de personas, pero a pesar de esto, jamás los había empleado como elementos de mis creaciones… hasta el trabajo actual.

Comencé a escribir Coral con la intención de plantearme algo nuevo, diferente a pesar de que muchos opinen que la alta fantasía es repetitiva. Por lo tanto, al imaginar situaciones distintas intervenidas por hechiceros, fue naciendo esta historia; en primera instancia forzada, acabó como una idea fácil de llevar, con una trama simple, y acontecimientos que provocarán diversas sensaciones.

En esta difícil travesía tuve asistencia de un colega, Guillermo Frey Venegas, quien me ayudó inmensamente con la creación y especialmente el comportamiento de ciertos personajes. Debo reconocer que si no hubiese sido por un comentario tan divertido como: "¡Mételos a un bar! todo sucede allí, comienza allí...", me temo que esta historia no sería lo que es hoy. Tal vez continuaría con el mismo estilo, pero no se habrían conseguido los matices que se han logrado. A esto se suman los comentarios de aquellos que siempre están atentos a mis trabajos a pesar de no ser un escritor famoso, pero siempre están allí, entregándome ese impulso que se necesita para continuar, haciéndome sentir que todo esto vale la pena.

Solo resta esperar que quienes se internen en las páginas de esta historia puedan vivir un agradable viaje a través de las tierras señoriales y otros rincones de leyenda, acompañando a estos hombres y seres en las aventuras que los aguardan tras cada capítulo.

# AGRADECIMIENTOS

No sé por dónde empezar, si por la gente que me ayudó con el primer borrador por allá a finales del año 2015 como Claudio Valdivia que me apoyaba con cada avance diario, o con Guillermo Frey con su gran consejo que hasta la fecha agradezco de corazón. Luego viene la gente que se dio el tiempo de leer el borrador ya terminado, como: Camilo Escarraga, Estefanía Cubillos, Fernanda Salazar, Guillermo Acosta y María Paulina Correa. A continuación a mis correctoras Mónica Rodríguez y Sussan Leiva, quienes se llevaron el mayor peso de este agotador trabajo ordenando mis ideas y puliendo lo más posible mis faltas ortográficas. Y finalmente a Lorena Pérez, la encargada de plasmar en imágenes lo que se oculta entre las letras. Sin duda un equipo hermoso que hacen realidad esta novela para que llegue a cada uno de ustedes.

# PREFACIO

*Año 9725.*
*Selenita, capital de Terra.*

Luego de dejar la montura en las caballerizas y alivianar su carga, bajó corriendo a la playa sin importarle la lluvia torrencial que llevaba casi cuatro días sin escampar. Había regresado hace unas horas de la última misión asignada por su señor, en la que permaneció por siete meses como guardaespaldas de un poderoso gobernante de las tierras del sur.

Corría a ver a su amada. añoraba verla, estrecharla en sus brazos, decirle cuanto la extrañó y pensó este último tiempo lejos. La había llevado en su corazón, como lo hacía cada vez que emprendía rumbo siguiendo órdenes, y ese deseo ferviente de verla y tocarla era el que día a día lo hacía querer seguir viviendo. El amor los enlazaba, a pesar de que ambos se encontraban distanciados por limitaciones naturales puesto que pertenecían a razas muy diferentes; y si se añadían los prejuicios de las personas, el estar juntos resultaba una verdadera proeza.

Se quitó la capucha impermeable para ver mejor, y sintió los fríos goterones resbalar por su rostro. Preocupado por ella, ya que no la veía por ninguna parte, se detuvo a observar. Siempre se reunían allí, junto a las rocas que el mar abrazaba por las noches dejando abundantes charcos en donde su amada podía retozar mientras se mantenía con él en la superficie; sin embargo, hoy no estaba.

Los vientos se mostraban furiosos y las olas estallaban en las rocas más próximas.

"Quizás todo conspiró en su encuentro", pensó. "Pero si yo fui capaz de salir del abrigo de mi hogar ¿Por qué ella no pudo hacer lo mismo?" se preguntaba temiendo que el amor se hubiese extinguido de su corazón.

La tristeza lo cobijó en su regazo, y cuando creyó caer en la desesperación a causa de la angustia, advirtió un bulto en la arena a unos cien metros, empapado en sangre.

Su labor como caballero se impuso sobre sus emociones, y convencido de que alguien necesitaba ayuda, se acercó presuroso. No obstante, al estar a escasos metros del cuerpo, se llevó la fatal noticia de que se trataba de Coral, su amada.

Allí estaba ella, respirando dificultosamente sobre la arena: alguien o algo la había atacado.

A juzgar por la herida de muerte que tenía en su abdomen dejando a la vista las vísceras seguramente no viviría por mucho tiempo, así que debía actuar con urgencia.

Sintió que su corazón se fragmentaba en mil pedazos, y que nada más le quedaba morir desangrado.

Clavó las rodillas junto a ella, examinando la mejor posición para llevarla en brazos. Pero cuando se disponía a tomarla, Coral abrió los ojos con esfuerzo, conectando su agonizante mirada con él. Percibió en ese instante que la vitalidad se desvanecía de sus pupilas, como si se tratase de la débil llama de una vela dispuesta en una brisa cuyo único final es extinguirse.

—Amor, no te esfuerces —le dijo él en un delgado hilillo de voz, que por un momento pensó que ni siquiera había escapado de sus labios—. Te llevaré con el curandero. Debe existir una forma de salvarte…

Coral abrió la boca tratando de articular una palabra que fue ahogada por la sangre que se le derramó por las comisuras de los labios. Él le giró la cara con suavidad, consiguiendo que el espeso fluido carmesí se fundiera con la arena empapada. Volviendo a intentarlo, fue acallada nuevamente por la sabia vital que no dejaba de derramarse.

—Por favor, Coral, no te esfuerces —le insistió con la voz quebradiza.

Las perfectas facciones de la mujer se fueron opacando, al igual que el azul de las pupilas y el brillo dorado de los cabellos... poco a poco la vida se extinguía de sus carnes.

El hombre comenzó a sentirse sin aliento, ya la presión del pecho era demasiada, estaba a un paso de la histeria. Solo deseaba gritar a los cuatro vientos que alguien lo ayudara. ¡Ella se moría! pero la vivienda más cercana estaba a varios minutos de allí; fuese como fuese, Coral perecería de todos modos a la orilla del mar, o en sus brazos camino al hogar de algún curandero.

—A, A, Al... —farfulló ella, presa de espasmos.

—No, por favor, Coral, descansa.

La mano de ella lo aferró del antebrazo, apretándolo suavemente. Cuando logró tener la atención de su amado plenamente, la sirena separó los labios, y realizando un último esfuerzo antes de rendirse al cansancio, dijo

—Alí, mira a tu espalda.

Luchando contra el dolor que le retorcía las entrañas, Alí se incorporó, y al voltearse cruzó miradas con una feroz bestia. Se trataba de un dragón negro adulto, que los contemplaba a unos doscientos metros.

Al descubrir la sangre que le chorreaba del hocico, supo que había sido el atacante de su amada Coral; aunque no era lógico puesto que los dragones negros no acostumbraban a bajar a las zonas costeras, normalmente preferían cenagales o ríos.

La criatura intercambió miradas con el caballero, y entornando los ojos solo dejó una rendija ardiente que desprendió intensos fulgores, algo bastante inusual en este tipo de dragones. Alí no llevaba espada, no obstante avanzó a paso firme hacia el ente, observándolo como si se tratase de un demonio de aquellos que acostumbraba a eliminar en sus misiones.

El dragón lo esperó expeliendo volutas de humo de sus hoyuelos. Conocía de antemano el destino de aquel hombre: inevitablemente perecería empalado en sus afiladas garras. Sin embargo, el animal se inquietó como si algo dentro de su cabeza no estuviese bien... hizo ademán de llevar las manos a su cráneo, gruñó y se revolvió en el lugar dando una sensación de sufrimiento. Entonces los ojos del ser se abrieron desmesuradamente liberando destellos azulados, y cuando Alí lo tuvo a menos de cinco metros, echó a volar, hendiendo el firmamento con un rugido, al tiempo que un rayo estallaba en las alturas.

La impotencia lo atenazó, y se juró no descansar hasta encontrar al monstruo y matarlo. Si tenía que cruzar las seis tierras señoriales, lo haría. La imagen de aquellos ojos no la olvidaría, y sería su medio para reconocerlo entre otros dragones de la misma especie.

Cuando la bestia fue solo un punto negro a la distancia, regresó con Coral y recibió el impacto más doloroso de toda su vida al descubrir que era muy tarde, había muerto.

Se dejó caer junto a ella sin esperanza, como si fuese un cuerpo despojado de todo rastro de felicidad. La apretó contra su cuerpo a pesar de la sangre, y se descubrió sin voz, la angustia se había apoderado de él.

Inclinándose posó la frente en el pecho inerte de su amada. Buscaba en lo más profundo de sí aquel grito que anhelaba soltar en una mezcla de impotencia, rabia y tristeza. Cuando lo sintió venir, la lluvia se fundió con lágrimas y sangre, al tiempo que un desgarrador lamento se perdía por entre las nubes grises.

# Capítulo 1

## Abismo

Mientras la lluvia repiqueteaba en el tejado y el viento golpeaba las ventanas, el curandero cumplía con la labor de limpiar cuidadosamente el cuerpo de la sirena con agua tibia mezclada con plantas con propiedades antisépticas, para posteriormente coser la herida con hilo de tripa. El daño resultó mortal, dejando expuestas las vísceras; se trataba de la mordida de una bestia gigantesca que sencillamente la partió en dos.

Este hombre mayor vestía acorde a la ocasión de tal forma que un delantal gris sin mangas, que ya estaba mojado y manchado con sangre cubría la parte superior de su cuerpo; bajo este llevaba un abrigo de lana arremangado hasta los codos, anchos pantalones de lino y botas de cuero. Por suerte la cabaña no era muy grande, lo que permitía conservar el calor ambiental obteniendo así una agradable temperatura.

—¿Estás seguro que era un dragón negro? sabes bien que esos gigantes solo habitan en zonas montañosas. Posiblemente bajan hasta los valles pero nunca al mar.

—Sí, yo también creía lo mismo...

—Es extraño, ¿qué motivo lo atraería hasta la playa?

Alí observaba detenidamente como después de coser el cuerpo, el hombre se preocupaba de borrar hasta el más mínimo rastro de sangre antes de brindar un digno sepulcro a Coral, su amada.

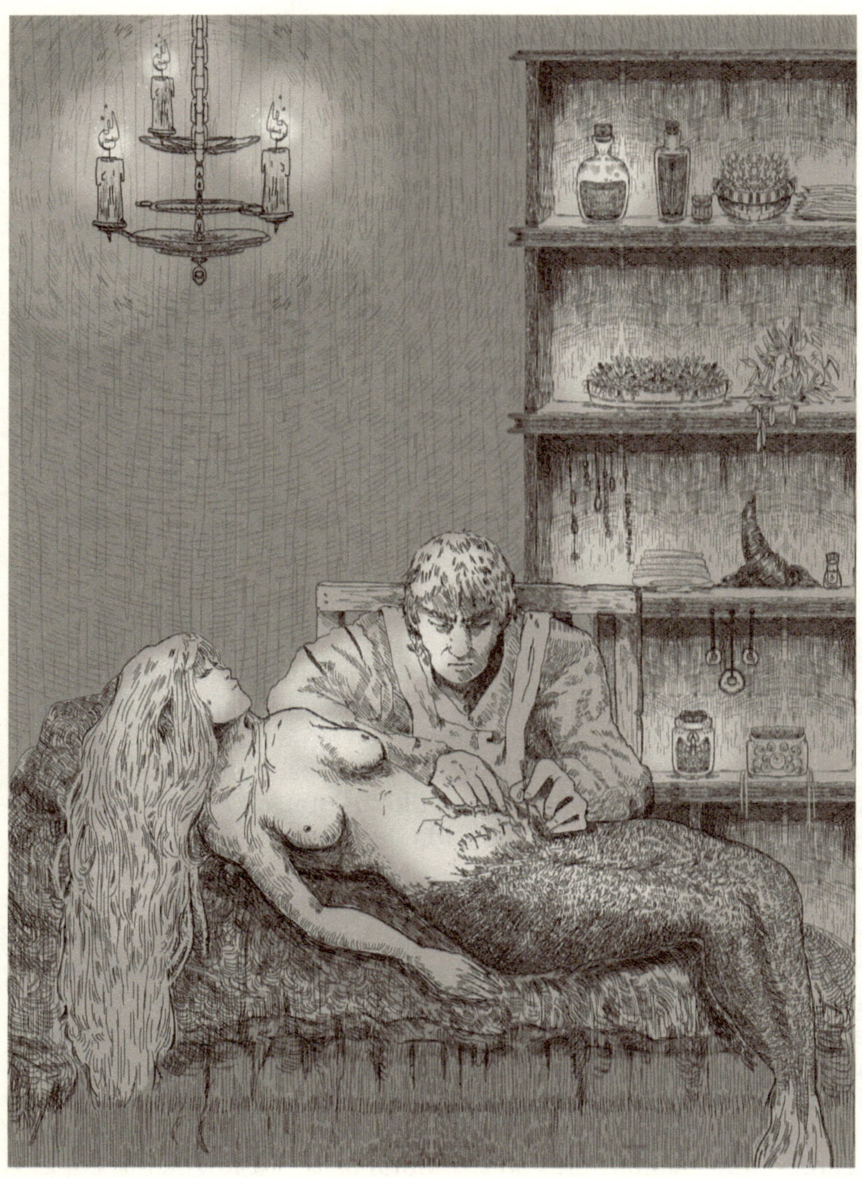

El joven desvió la vista, paseándose por el espacio dispuesto para curar a las personas que se encontraban enfermas o heridas. Era una estancia humilde pero afable , con suelo de madera
y alfombrado ,en donde se hallaban varios taburetes repartidos
en distintos puntos, un par de mesones largos, una camilla alta, y

algunas repisas apegadas a la pared donde el viejo acomodaba los recipientes de cristal con infusiones o elementos conservados para confeccionar remedios específicos o cataplasmas.

La iluminación provenía de una serie de candelabros ubicados en las esquinas, en los que se consumían velas aromáticas compradas a los mercaderes quienes cada cierto tiempo venían de las tierras señoriales del norte, en su mayoría procedentes de Oasis, el territorio más distante. Con tantas mezclas de fragancias en aquel sitio, el recinto presentaba un olor bastante peculiar que no resultaba desagradable gracias al cuidado de su anfitrión.

Alí había conocido a la sirena hace diez años al regresar de una de las tantas incursiones a las islas aledañas. En aquella ocasión se enfrentó junto a sus camaradas a la furia del mar formando parte del número de soldados arrojados a las turbulentas aguas. Muchos de los hombres perecieron aquella noche de tormenta, pero él, junto a dos más de sus camaradas, fue rescatado por la piedad de las ninfas marinas.

El primer contacto con Coral fue mágico. Casi llegó a pensar que se hallaba muerto, y que sería recibido por las doncellas en los Campos De La Primavera Eterna, en Azahat, el paraíso prometido. Sin embargo, al descubrir que se encontraba recostado en las tibias arenas de la playa, acompañado por una bellísima sirena de profundos ojos azules, fue atrapado por sensaciones desconocidas.

—Alí, ¿Dónde le darás sepultura?

—Tengo que hablar con su gente —respondió el guerrero, colocándose de pie y avanzando hacia la ventana con vista al mar—. Y me temo que no será muy fácil de conseguir.

—Mmm… No, no será para nada fácil. Los oceánicos son muy celosos de sus costumbres; en primer lugar, no querrán que ella sea sepultada en la superficie.

—¿En dónde la sepultarán?

—En verdad desconozco los ritos funerarios de la gente del mar, pero supongo que en el abismo abisal, donde nadie ose interrumpir su descanso.

El joven suspiró apesadumbrado: tantos tipos de culturas y creencias que se seguían en el mundo, y él solo pensaba en cómo honrar la memoria de quien amó con locura; sin embargo, se enfrentaría a lo que fuese por Coral, ese sentimiento que lo mantenía atado a ella sería el impulso para confrontar lo que fuese, aunque se viera al borde del mayor de los peligros.

—En fin, que sea lo que tenga que ser.

—Eres valiente, Alí, no cualquiera aceptaría una responsabilidad tan alta.

—Todo sea por que Coral pueda descansar en paz.

—¿Y luego?

—¿Luego qué?

—¿Qué harás, Alí?

—Iré a las montañas… No dejaré que todo quede así, ella no se lo merece.

—¿Crees que Coral apruebe que arriesgues tu vida?

Alí se exaltó siendo embargado por impotencia y rabia. ¡Ella no merecía morir! pero la realidad era otra cosa. Un rayo estalló a la distancia, ofreciéndole la fuerza para voltearse a encarar al curandero.

—No me mires así, muchacho, si bien sabes que tengo razón.

—¿Qué debo hacer entonces, Job?

Con Job se conocían hace cinco años, por lo que confiaba más en él que en los mismos consejeros de su señor. Con sus casi sesenta inviernos, arrastraba tal experiencia de la vida que escucharlo siempre le resultaba una ayuda y no una confusión. Este gran hombre a pesar del paso del tiempo, continuaba mostrando una figura vigorosa, con las marcadas señales de la fornida complexión que disfrutó en su juventud. Es más, en su rostro no se apreciaban marcadas arrugas, aunque lo delataba su cabellera casi blanca.

—No sé cómo responder a eso, Alí. Trato de colocarme en el lugar de ella y determinar cuáles hubiesen sido sus últimos deseos para ti, pero me resulta imposible. Si bien las sirenas son seres extremadamente escurridizos con los humanos, también existe su otra faceta, en la que se desviven por quienes aman.

—¿Han acontecido otras relaciones entre humanos y habitantes del mar? —preguntó curioso Alí observando la expresión severa del anciano a través del reflejo del cristal.

—Bueno… imagino que sí. Este mundo es tan impredecible, muchacho, que nada se puede descartar.

—Sí, nuestra raza presenta comportamientos que en ocasiones no tienen explicación.

—Signos indudables de imperfección, Alí. De hecho, en muchas oportunidades son las emociones las que nos arrastran a lo más insólito; y no ocurre únicamente en ti u otros jóvenes, también en hombres sabios. Dejarse llevar por sentimientos podría conducir a la caída de un imperio.

—¿Por qué me dice esto? ¿Tiene conocimiento de algo así?

—Pues, podría ocurrir, ¿no lo crees?

El guerrero se encogió de hombros.

—¿Recuerdas alguna eventualidad que nos pueda entregar algo de claridad de lo acontecido?

Alí cerró los ojos, recapitulando desde el momento que descubrió a Coral con una herida mortal. Entonces recordó cuando la tubo moribunda junto a él y le habló. Sus últimas palabras las tenía tan clavadas en su mente y corazón, que dudaba si en algún momento las llegaría a olvidar.

—Bueno... No sé si sirva de algo, pero su último aliento lo empleó para advertirme de que el dragón estaba aún allí.

—Con mayor razón, muchacho. Con esto que me revelas puedo afirmar que ella no querría que fuera en busca de la bestia.

"¿Realmente eso desearías, Coral?" Se preguntó, mirando fijamente el cuerpo de la mujer que más llegó a amar en toda su vida.

Las lágrimas escocían en sus ojos, pese a que antes de cargar su cadáver hasta la cabaña de Job lloró desconsoladamente. Volvió a sentir el nudo en la garganta, conteniendo la pena en su interior; por nada del mundo debía romper en llanto frente a otra persona, aunque este fuese alguien tan importante como Job, por quien sin dudarlo llegaría a dar su aliento.

Job acabó con el trabajo, y permitió que Alí se acercara.

Mientras Job se lavaba las manos en un recipiente, pensó en la intención que tenía el caballero de informar a la gente del océano sobre la muerte de Coral. Desde que el mundo era mundo los habitantes de las profundidades tenían ciertas diferencias con los humanos, diferencias que durante siglos desencadenaron guerra tras guerra. Se consideraba casi un milagro el acuerdo de paz conseguido hace un par de décadas, con el que se abandonó las hostilidades. Ahora, la pregunta era: ¿la muerte de Coral provocaría un nuevo conflicto?

A diferencia de la raza humana, los seres de las profundidades le daban gran importancia a la vida, independiente de si la sirena o tritón pertenecía a un puesto social alto o no. Por lo tanto, se corría el riesgo de que se repitieran aquellos sucesos mencionados por los historiadores, o en los bellos romances de los juglares, en los que feroces guerreros marinos atacaban las embarcaciones, y bellas ninfas de las aguas atraían a los hombres con su canto.

—¿Job?

—¿Sí?

—¿Existirá algún medio para regresar a la vida a Coral?

La pregunta generó un escalofrío en el viejo, teniendo que aferrar el recipiente para no derramar su contenido.

—Alí, no dejes que ese tipo de pensamientos pasen por tus posibilidades.

—¿Eso qué quiere decir?

El curandero de mala gana se volteó, encarando a su amigo.

—Sabes bien que en este mundo, se puede conseguir casi todo. El gran dilema es: ¿Cuánto estás dispuesto a dar?

—¿Si se puede?

Job se encogió de hombros. El persistente interés de algo tan oscuro lo abrumaba sabiendo que procedía de alguien tan inexperto en la vida; no obstante lo entendía, la tormenta en su mente y corazón debía ser desgarradora.

—Alí, yo me dedico a la medicina; creo que en eso no te puedo ayudar, lo siento.

El guerrero se internó una vez más en sus pensamientos, sin quitar los ojos de la hermosa figura de aquella criatura que por tanto tiempo significó su mundo. Se tendría que acostumbrar a su falta, ¡ya no estaría más junto a él! Por lo que ahora se veía obligado a aferrarse con ahínco a la esperanza de volverla a ver en la tierra de los dioses, donde no se separarían nunca más.

Job lo aferró afectuosamente por el hombro, sacándolo de aquel trance.

—Deberías ir a descansar.

—No creo que pueda, Job.

—Entiendo tu pesar, Alí, ningún ser de este mundo fue hecho para aceptar la partida de quienes amamos; lo cual no significa tener que dejar de preocuparnos por nosotros mismos. Mañana pensarás en que hacer, hoy descansa.

El joven asintió, estrechando suavemente la fría mano de Coral.

# Capítulo 2

## Noche de tormento

Sin poder conciliar el sueño, Alí se internó en las calles desiertas de la ciudad aprovechando que el aguacero había disminuido. Anhelaba conseguir un medio para olvidarse momentáneamente de la muerte de Coral, y así poder dormir aunque fuese un par de horas. Avanzaba perdido en sí mismo, sin esquivar los abundantes charcos que había dejado la lluvia.

De las seis tierras señoriales, Terra resultaba la más rústica con sus construcciones de una sola planta, en su mayoría alzadas en adobe y madera. Como sus habitantes se dedicaban a la agricultura, ganadería y pesca, aunque esta última con menos fuerza a causa de los límites que impuso Oceanía, el poderoso imperio del mar, para evitar la sobreexplotación de los recursos naturales; los ingresos resultaban mínimos, y al no mantener estrechos lazos económicos con los otros señoríos exceptuando los mercaderes, no se conseguían grandes avances tecnológicos. Sin embargo, la gente no sufría carencias ya que la producción de alimento de granjas, huertos y extensos bosques frutales era abundante. A esto se añadía la rica obtención de materia prima como algodón, lana, lino y cuero para la elaboración de ropas y equipos con fines militares, que de igual forma se empleaba para exportación, o en su defecto para trueques con los comerciantes de paso. Madera, piedra y mineral si bien no eran el fuerte de este territorio repleto de vida, se generaban para los habitantes, en especial para importar a las islas aledañas.

Caminó sin rumbo por varios minutos. Al llegar a una taberna, ni siquiera se percató del nombre para ver si era algún rincón conflictivo, si no que ingresó a paso firme, como si se hallara en trance. Nada más advertía por donde pasaba, ignorando las palabras de los hombres allí presentes y los hedores nauseabundos que se mezclaban con las velas aromáticas de mala calidad. Agradecía que la capital gozara de excelentes licores, en especial la cerveza que se preparaba en el interior, y ni hablar de los exquisitos vinos que se exportaban satisfactoriamente hacia los otros señoríos como un fino brebaje digno de nobles y gobernantes.

Avanzó hasta un rincón, situándose en una mesa para dos personas manchada de restos de grasa y cerveza. Aquí fundió su mirada con las luces del techo, descubriendo que la imagen de la sirena titilaba tras cada destello.

—Jamás esperé encontrar a un hombre de su altura en un lugar como este —comentó un sujeto encapuchado, dándole tirones a los cordones de su caftán.

Alí luchó por salir de su ensimismamiento, y se encontró de frente con las pupilas del extraño que refulgían bajo la sombra de la caperuza.

—¿Nos conocemos? —preguntó el guerrero, incómodo por la presencia del individuo.

El interpelado se empujó la capucha hacia atrás, dejando a la vista su rostro.

Alí se quedó sin palabras. Se trataba de Baltasar, uno de los consejeros de su señor.

—¿Puedo acompañarte, Alí?

El guerrero titubeó. Baltasar era conocido por sus dotes de hechicería y nigromancia, por lo que la gente le temía haciéndole pasar gran parte del tiempo en solitario. Su apariencia no le facilitaba las cosas debido a sus pómulos prominentes y a las cicatrices que tenía en el rostro y en la cabeza, visibles a causa de la calvicie, que lo asemejaban a un cadáver viviente. Pero él no podía ser descortés, no era digno de un caballero, le haría compañía.

—Sí, por favor, acomódese.

—Muchas gracias —respondió el nigromante, haciéndole una seña al siervo que atendía las mesas para que se acercara.

Encargaron dos jarras con cerveza, y mientras esperaban que el siervo regresara, Baltasar clavó sus penetrantes ojos de águila en Alí, escudriñando su mente.

—¿Cómo anduvo la misión con Drago, señor de Glaciar —preguntó Baltasar, alzando la jarra para tomar un trago sin quitar la atención de las pupilas del caballero.

Alí parpadeó rápidamente, rompiendo la conexión con el hechicero; luego respondió:

—Todo marchó de maravilla. La gente de Glaciar me recibió como si fuese un hermano más, y por suerte no tuve que blandir mi espada. Aunque lo más complicado es el clima: sus tormentas de nieve son capaces de calar hasta los huesos.

—Sin mayores complicaciones, eso es bueno.

Los ojos del hechicero se iluminaron… Algo en el interior de Alí le había llamado la atención, y se aferraría a eso para poder conseguir algún beneficio.

—Alí, noto tristeza e inquietud en tu interior. ¿Te gustaría compartir los motivos conmigo?

En realidad, Baltasar ya conocía la razón del pesar del hombre; había adquirido la habilidad de poder ver mucho más allá de lo que vería un hechicero ordinario al ofrecer uno de sus órganos a un demonio que deseaba aferrar su esencia al mundo mortal. Gracias a esto no solo su poder se incrementó hasta niveles inalcanzables, sino que, además, requería mucho menos tiempo de descanso para restaurar sus fuerzas.

El guerrero le dio un trago largo a su jarra. No sabía si confiar en él o no. Si bien era cierto que su relación con Coral jamás fue un secreto en las tierras de su señor ya que significaba un pacto de alianza con los habitantes de las profundidades, el hecho de pensar en algo tan oscuro como revivir a alguien lo catalogaría como un vasallo de los demonios, conduciéndolo directamente al cadalso.

—Me temo que no hay nada que compartir, simplemente no fue un buen día para mí.

Baltasar se quedó mirándolo con extrañeza. Esos motivos que ocultaba en su interior le interesaban, y debía buscar el medio para conseguir que se los revelara.

—¿Y si te dijese que tengo el método de cruzar la barrera de la muerte?

Un escalofrío recorrió a Alí de pies a cabeza, ¿cómo podía saber lo que estaba pensando? ¿Acaso su arte le permitía violar la seguridad de sus pensamientos? Dejó la jarra sobre la mesa, e inquirió contemplando a su contrario con temor y respeto:

—¿De qué me habla, Baltasar?

El fiel consejero de su señor esbozó una amplia sonrisa. Sabía que había dado justo donde deseaba, en ese pensamiento que generaba dudas en el guerrero. Solo le quedaba plantar la semilla de confianza, y así disfrutaría dentro de poco de su ansiado botín.

—Puedo leer tu mente, Alí, y sé que Coral, la mujer que más has amado en este mundo, está muerta, y de igual forma sé que quieres volverla a la vida.

Alí miró en todas direcciones, cerciorándose de que nadie estaba atento a lo que hablaban. Efectivamente, cada hombre presente estaba inmerso en lo que se decía en sus mesas. Entonces Baltasar llevó la jarra a sus labios, anunciando en tono sereno:

—Tranquilo, tengo mi influencia activa, por lo tanto, nadie podrá saber lo que se haga o hable en esta mesa.

—¿Qué quiere?

—Ayudarte.

—¿Cómo.

El nigromante dejó la jarra vacía en la mesa y entornando los ojos respondió:

—Puedo regresarle la vida a tu sirena. En eso puedo ayudarte, y sé que es lo que más deseas ¿o me equivoco?

Alí resopló pesaroso.

—¿Lo ves? Me necesitas, y yo te necesito a ti.

El caballero se quedó en silencio por unos segundos. Sabía que los hechiceros le buscarían una solución, la pregunta era:¿a qué precio?

—Creo que comienzas a entender —dijo triunfante Baltasar.

No tenía opción. El hechicero tenía en su poder aquello que anhelaba oír, por lo que se encogió de hombros entregando su voluntad a las manos oscuras de la magia.

—Muy bien —comenzó diciendo el nigromante, deslizando las manos dentro de las anchas mangas—. Existe la forma de hacer que un muerto cruce la barrera entre los dos mundos, pero para esto hay que realizar un ritual bastante complejo.

—¡Haré lo que sea! —profirió Alí, colocándose de pie—. Estoy dispuesto a todo, si así recupero a Coral.

—¡Muy bien! es lo que deseaba escuchar. Esa fuerza, ese empuje… eres el elemento que necesito.

—Dime, ¿cuál es el precio?

—Escucha muy bien, Alí, mira que con la misión que te encomendaré ambos nos veremos beneficiados.

Finalmente veía un destello de luz entre tanta oscuridad, ¡su amada Coral viviría!

—Tienes que matar un dragón, de preferencia adulto; arrancarle el corazón antes de que el cuerpo pierda temperatura, y vaciar la sangre en una vasija.

—¿Y qué será del cuerpo de Coral? Seguramente cuando regrese…

—Lo incineraré —lo interrumpió Baltasar—. Y mezclaré las cenizas con otros compuestos para crear un homúnculo.

La ira se apoderó de Alí. Pensar en el hecho de que el cuerpo de su amada yacería en las llamas lo empujaba a querer estrangular al hechicero; pero no se podía dejar llevar por sus impulsos, antes debía escuchar el proceso completo.

—Tranquilo, la esencia de Coral quedará guardada dentro del cuerpo artificial, y cuando acabe con el ritual al mezclar la sangre de dragón, su espíritu regresará aquí y la podrás estrechar una vez más.

—¿Está seguro de lo que dice? Baltasar asintió.

Alí se debatió en silencio. ¿Tendría el valor para ver cómo el cuerpo de Coral desaparecía en las llamas? Pero si accedía a esta petición del hechicero la podría abrazar nuevamente… gran dilema.

¿Qué hacer?

—¿Qué gana usted, Baltasar?

—Dos cosas: El músculo del corazón del dragón, que me lo tendrás que traer en un contenedor aparte; y lágrimas de sirena, un compuesto para ciertos elíxires muy complejo de obtener.

Alí pensó un momento la respuesta.

Baltasar tenía razón de que ambos serían beneficiados con esta misión, puesto que al matar al dragón no solo se podría vengar, también arrebataría a su mujer de las garras de la muerte; pero se presentaba una nueva interrogante ¿para qué requería él esos compuestos tan exóticos? ¿Estaría maquinando un plan macabro?

—¿Qué me dices, Alí? —presionó el nigromante, al detectar las dudas en los ojos del hombre—. ¿Aceptarás mi propuesta?

Se hallaba a un paso de asentir, armarse con su indumentaria de batalla y salir en busca de la bestia, pero… ¿Qué pasaría si estaba planeando algo en contra de su señor? ¡Jamás se lo perdonaría! Por lo tanto, a pesar de que el impulso de su corazón lo instaba a responder sin asumir las consecuencias, su título de caballero lo forzaba a tener los pies sobre la tierra. Lo había jurado y frente a eso no se podía discutir, ni siquiera titubear.

—¿Qué piensa hacer con esos elementos?

Baltasar frunció el ceño. La interrogante de Alí se presentaba como un muro fortificado ante sus propósitos y no lo podía permitir.

—Alí, ¿entiendes que el simple hecho de tener la intención de volver a la vida a alguien, implica pena de muerte?

El caballero apretó los puños.

—Por la tensión presente en tu expresión, deduzco que acabas de comprender la gravedad de la situación.

—Está bien, no haré preguntas… ¿Dónde guardo los elementos que necesita?

—Te veré cuando caiga el sol en el mismo lugar donde te encontrabas con tu amada. Por favor, no olvides llevarme el cuerpo, mira que sin eso no podremos avanzar con el ritual.

—Muy bien.

Al saborear su victoria, Baltasar se echó la capucha sobre la cabeza, depositó un par de Dracos de plata sobre la mesa, realizó una leve reverencia en señal de respeto y se retiró de la taberna. La influencia mágica se terminó, y el joven se quedó cabizbajo, meditando en lo que se estaba involucrando.

# CAPÍTULO 3

## RITUAL DE RESURRECCIÓN

Alí despertó después del mediodía. Por un momento creyó que estaba en la playa y que todo lo vivido no había sido más que un pésimo sueño; pero al tocar sus ropas húmedas y darse cuenta de que yacía en la habitación que le pagaba Michael, señor de Terra por pertenecer a sus caballeros de élite, se sintió vacío, con ganas de morir.

Dio un salto al escuchar que arañaban la ventana, se asomó a ella y encontró una rama de un fresno del jardín que agitaba el viento. Se imaginó caminando alrededor de aquel precioso árbol cargando en sus brazos a Coral, disfrutando de la brisa, el aroma de los rosales y el canto de una variedad importante de aves, ya no solo gaviotas o golondrinas de mar tan típicas en toda la orilla costera.

El cadáver de Coral se encontraba aún en el hogar de Job. Sabía que su amigo no le permitiría hacer una locura, tendría que armar un plan para sacarlo de allí sin que se diese cuenta.

Se atavió con la almilla, el jubón y la calza sin dejar de pensar un solo momento en el reencuentro que tendría con Coral, ¿Seguiría siendo la misma? ¿Renacería su amor al igual que su cuerpo? Imaginaba las muchas probabilidades que se podrían presentar al tenerla una vez más de frente, por lo que no se percató que un hombre de color hacía ingreso al cuarto. Se trataba de Reik, escudero en la orden de su señor.

Reik resultaba mucho más escuálido que el caballero, aunque era astuto y ágil, con una capacidad envidiable para dibujar y leer mapas.

—¿Alí, estás bien?

—Sí —respondió, volviendo a la realidad tras soñar despierto.

—Supongo que irás a almorzar, ya que te saltaste el desayuno.

—Claro.

—¿Qué te ocurre, Alí? Sé que tienes cuatro días libres, pero nunca actúas así.

Alí se calzó las botas y mientras se arreglaba el jubón, meditó por un momento la respuesta. No deseaba que todo el mundo se enterara de la muerte de su amada, de lo contrario, cuando volviese a la vida generaría un conflicto entre las personas que no sabría cómo llevar. Y fuera como fuera, acabaría siendo juzgado por ser partícipe en actos oscuros, penados por la jurisdicción de los señores.

—Problemas amorosos… solo es eso.

Reik lo miró fijamente. Sentía que algo le estaba ocultando, pero no era quién para obligarlo a contarle que le ocurría. Así que optó por asentir en silencio.

—Tranquilo, compañero, ya pasará.

El resto del día transcurrió sin novedad, y al terminar de comer, Alí se dedicó a pasear por los límites de la capital, observando receloso por entre los vastos terrenos del bosque que lo separaban de la montaña. En más de una oportunidad visualizó un cráneo alargado acechándolo con un par de ojos ardientes como brasas, sin embargo esas imágenes estaban en su cabeza, no había ni un solo indicio de la presencia del dragón.

Bien avanzada la tarde, Alí regresó a la cabaña de Job siendo embargado por una sensación de alivio inmensa. ¡Job no estaba! Era su oportunidad para escapar con el cuerpo de Coral. Si todo salía bien lo descubrirán cuando la primera parte del ritual estuviese completa.

Envolvió el cadáver en la mortaja lo mejor que pudo para que no quedase algún indicio que lo delatara; luego salió al exterior y se encaminó a la playa, justo en el mismo punto donde acostumbraba a encontrarse con ella. Como el hogar de Job se hallaba retirado de la mayor parte de los capitalinos, casi en el deslinde del bosque, que se pudiese cruzar con alguien no le preocupaba.

El único riesgo era encontrarse al curandero, y eso sí sería problemático.

Bajó con mayor dificultad al punto acordado ya que, con el peso extra del cuerpo, sus pies se clavaban mucho más en la arena por lo que llegó con las piernas cansadas hasta donde las olas acariciaban las rocas.

Baltasar ya estaba allí, esperándolo cómodamente mientras reposaba en las piedras más lisas. Al ver que el caballero había asistido tal cual lo habían acordado, y que traía el elemento principal del ritual, se le dibujó una leve sonrisa.

—Ya estoy aquí, y traigo a Coral conmigo —exclamó Alí, apretando el cuerpo inerte de su amada contra su pecho, como si no quisiera apartarse de ella ni un solo segundo.

—Muy bien, Alí, cumpliste con tu parte. Ahora necesito que la dejes frente a mí, le quites la mortaja y luego te apartes.

En silencio, el guerrero accedió a lo solicitado. Sin embargo, justo en el momento que comenzó a destaparla, se quedó extasiado con su figura: a pesar del tono pálido de su piel lucía hermosa, aún conservaba esa magia que la hacía encantadora. Incluso, por un segundo, creyó que despertaría iluminándolo con su sonrisa, atrapándolo en sus bellísimos ojos; pero solo se trataba de un sucio juego del corazón, nada más que una treta de sus emociones. Dentro de poco la vería desvanecerse entre las llamas. ¿podría soportar aquello? ¿O sería una mentira lo que le dijo el hechicero?

Sin estar muy convencido de este procedimiento, Alí retrocedió, quedando a unos veinte metros de donde yacía su amada, y le dio espacio al nigromante. Baltasar extrajo un extraño compuesto de un saquillo que traía colgado del cinturón, y lo espolvoreó sobre el cuerpo. Se trataba de una sustancia similar a la arena, aunque de tonalidad gris oscura.

Cuando vio la mano del hechicero con la vara de cristal que guardaba oculta bajo el caftán, el corazón de Alí se aceleró, sabía que dentro de poco la figura de Coral desaparecería ante sus ojos, reduciéndose a un puñado de cenizas.

Baltasar se concentró y el extremo superior de la vara desprendió un destello dorado, que encerró el cadáver en flamas. A una velocidad anormal, la carne se fue incinerando poco a poco, desparramando las cenizas sobre la arena limpia.

A continuación, Baltasar dejó caer el contenido de otro saquillo que parecía arcilla y, una vez que el fuego se apagó, con ayuda de otro destello, esta vez de un color plateado, fue mezclando los compuestos. Al acabar el proceso, la varita se perdió por entre las ropas del hechicero, y de Coral quedó únicamente una masa negruzca amorfa que palpitaba y se retorcía.

Alí se quedó de piedra. No comprendía cómo pudo llegar hasta esos extremos. ¿Se encontraba tan desesperado que recurrió a la magia como única alternativa? Llevó la mano hasta su garganta como si intentara desatar el nudo que retenía sus palabras, y cuando sintió que podría decir algo, Baltasar se desplomó dando alaridos.

Respondiendo a su instinto Alí llevó la mano al hombro, buscando inútilmente el acero. No acostumbraba a colgar su talabarte cuando tenía días libres, a excepción de que tuviese que salir de la zona.

Indefenso, el guerrero se volteó, encontrándose con Job y Reik.

—Sospeché que recurrirías a la magia, ¡que bajo has caído, Alí —profirió el curandero, acercándose a la masa que minutos antes era el cuerpo de Coral—. Sinceramente, si no hubiese sido por Reik, me encontraría ignorante ante este procedimiento.

Alí no tuvo que responder. Job tenía razón, y al conectar la mirada con su camarada, este añadió:

—Lo siento mucho, compañero, pero me preocupabas.

Baltasar empezaba a incorporarse cuando Job le arrojó un puñado de una especie de arenilla dorada que al tocarlo le generó violentas descargas, que lo hicieron retorcer en el suelo.

—Escamas de dragón dorado pulverizadas. Sabes bien lo que le hace a los hechiceros —sentenció Job vociferante, arrodillándose junto al nigromante—. ¿Qué le pediste a cambio de revivir a Coral?

—No es de tu incumbencia —respondió Baltasar temblando—. Yo no lo presioné a nada, él accedió por su propia voluntad.

—¿Y a qué accedió?

—No te lo diré.

Job extrajo un frasco de cristal con un líquido verde en su interior, con el cual untó la hoja de un cuchillo de bolsillo.

—¿Estás seguro que no me lo dirás? Tengo conmigo un curioso compuesto con escamas de dragón verde, que si entra en tu organismo hará que me digas todo. ¿Seguro que no hablarás?

Baltasar ni siquiera hizo el ademán de decir algo, así que Job le apuñaló el antebrazo izquierdo. El hechicero hendió el enrojecido cielo con un grito, y una vez el metal estuvo fuera de contacto con su piel, las palabras salieron empujadas por una fuerza que lo superaba

—¡Le pedí el corazón de un dragón adulto y lágrimas de sirena!

Job se volvió a incorporar y, limpiando la sangre del cuchillo con un pañuelo, espetó:

—¿Lágrimas de sirena? ¡Quieres la vida eterna, maldita sanguijuela!

—Sí —respondió Baltasar, agotado.

—¿Vida eterna, maestro? —inquirió Reik, aproximándose.

—Sí, se supone que con el músculo del corazón de un dragón adulto y las lágrimas de sirena, mezcladas con otras especias, se puede conseguir el elíxir de la vida eterna. No es nada seguro, en verdad, pero muchos hechiceros y demonios buscan crearlo.

—Te arrepentirás de esto, Job de Isla Tromba —anunció Baltasar, tratando de recuperar la movilidad de sus miembros.

El curandero, embargado por una ira incontrolable, le propinó una dura patada en el costado de la cabeza al nigromante, aturdiéndolo momentáneamente.

—Reik, encárgate de Alí mientras yo guardo el homúnculo —ordenó Job, mostrándose tajante.

Al tiempo que el hombre de color se encaminaba de vuelta a la cabaña con Alí, Job recogía la materia prima del homúnculo, y la guardaba en un saquillo de seda. Echándole un último vistazo a Baltasar, le realizó un desprecio y se prestó a caminar.

# Capítulo 4

## Hacia Tierras desconocidas

—Bébetelo todo —ordenó Job, entregándole un vaso a Alí—. Es una poción niveladora de emociones, te quitará el pesar que estás sintiendo en este preciso momento. Te necesito con la mente despejada.

Alí observó el contenido con desconfianza, se trataba de un líquido incoloro y burbujeante que por suerte no desprendía olor alguno. Miró de reojo a Job, y como no lo perdía de vista, ingirió la poción de un solo trago. Para su fortuna, los efectos fueron inmediatos y el cúmulo de emociones que tenía en su interior se fue apaciguando, hasta llegar al punto de sentir que el vacío por la muerte de Coral aún estaba presente, pero ya no era una herida sangrante. La vida regresó a sus ojos, y de un salto quedó de pie sintiéndose con mucha más energía.

—Estoy listo, ¡iré por el dragón! —exclamó Alí, presa del furor generado por el elíxir.

—¡Alto, Alí! —lo interrumpió el curandero—. Antes de que emprendas tu travesía, hay cosas que tienes que saber.

De mala gana, Alí tomó asiento en un taburete junto a la ventana. A su lado se hallaba la repisa de madera noble donde Job acomodaba botellas de cristal con los distintos compuestos que usaba de ingrediente para sus infusiones, pomadas y emplastos. A pesar de ser de origen vegetal como hojas, pétalos, raíces y tallos, al joven se le revolvió el estómago al ver varias algas viscosas de color verde que flotaban en agua. Tuvo la intención de escapar lejos de aquellas cosas repulsivas; quería correr a su rincón favorito junto a la ventana, pero el ceño fruncido del curandero lo hizo cambiar de idea rápidamente.

—En primer lugar, te aclaro que la poción niveladora de emociones no es eterna; el efecto tiene una durabilidad de veinte a treinta horas dependiendo del organismo, por lo tanto te prepararé una reserva para unas tres o cuatro semanas. La cuestión es que cuando dejes de ingerirla te sentirás morir; he conocido casos en los que quienes han tomado esta poción han llegado a pensar que son las peores lacras del mundo y se suicidaron.

Al oír esto Reik, que estaba más próximo a la salida, se inquietó. No le agradaba tener que cuidar a Alí si pensaba atentar contra su propia vida.

—Maestro, no me parece que esa poción sea muy útil.

—Reik, queramos o no, Alí tendrá que salir en busca del dragón, y  si va con las emociones atormentándolo, lo más probable será que perezca.

—¿Qué? —Se exaltó el escudero—. ¿Piensa dejar que Alí continúe con esa estupidez?

—No queda otra opción, Reik. Si no cerramos el ritual de resurrección, la esencia espiritual de Coral quedará encerrada por la eternidad en el homúnculo creado por Baltasar —indicó Job observando el saco que se retorcía sobre el mesón con el cuerpo artificial en su interior.

—Aunque después de lo sucedido hoy, dudo que el hechicero me quiera seguir ayudando —comentó Alí apretando los puños.

—Antes de ir por el dragón, te enviaré a una localidad en donde vive un viejo amigo mío que estoy seguro que querrá ayudarnos

—¿Es curandero?

—No, hechicero. De esa forma podrás terminar el ritual sin correr ningún riesgo.

—¿Tanto confía en él, maestro? —inquirió Reik

—Bueno, no meto las manos al fuego por nadie, pero es la única opción.

—¿A dónde tendremos que ir, maestro?

—¿Tendremos? —espetó Alí—. Creí que este viaje lo haría solo.

—Claro que tendrán. Reik irá contigo —respondió Job, tajante—. La misión será desgastante, y es mucho mejor si tu escudero te acompaña.

—Lo siento, pero me niego —anunció el guerrero—. Nuestro señor sospechará si ambos nos ausentamos. No, él se quedará aquí.

—Alí, nuestro señor emprendió rumbo al norte y estará ausente por dos semanas o más. Por lo tanto, no existe impedimento para servirte de escudero en esta odisea.

Alí se tuvo que morder la lengua, no tenía otra salida.

—Bien, me sentiré mucho más tranquilo si este hombre camina a tu lado —dijo Job, palmeando la espalda del escudero—. El lugar donde irán se llama Tierra Negra. Deduzco, por el rostro de Reik, que ya han oído hablar de dicha localidad.

—Maestro, Tierra Negra es una aldea ficticia. Se supone que se encuentra en algún punto de las montañas y sus habitantes solo son brujos.

—Sí, se mencionaba bastante en los cuentos que nos contaba la nodriza —comentó Alí.

—Lamento mucho decirles que Tierra Negra existe, y la he visto con mis propios ojos. Hasta ese lugar llegan los hechiceros que desean conocer del verdadero poder de la magia, descubriendo la fuerza  que se encuentra en la naturaleza.

—¿Pero maestro, cómo se supone que llegaremos a ese lugar secreto?

—Si es que realmente existe, claro está —musitó Alí.

Job sonrió.

—Comprendo la desconfianza, pero existe, créanme que existe. Tienen que dirigirse a la Montaña Roja, y en las faldas de esta, en medio de la frondosidad del Bosque Espectral, encontrarán Tierra Negra. Una vez que lleguen allí, lo primero que deben decir es que van de parte de Job de Isla Tromba, o tendrán problemas.

Ambos asintieron en silencio.

—¡Muy bien! comenzaré a preparar la reserva de poción niveladora de emociones, y ustedes organicen todo para el viaje, la idea es que partan de aquí al amanecer.

# CAPÍTULO 5

## EL SER

Tal como estaba previsto, Alí emprendió camino a Tierra Negra junto a Reik a primera hora. Job se encargó personalmente de que los caballos estuviesen ensillados y con las alforjas cargadas con todos los suministros para el viaje, en especial la poción que guardó cuidadosamente entre mantas.

Cabalgaron durante horas por en medio del bosque que delimitaba con las tierras de su señor, avanzando junto a un río que si bien no

llegaba a la Montaña Roja atravesaba el Bosque Espectral, entregándoles la única pista de la dirección que debían tomar durante la misión.

Por precaución, el caballero se equipó con un arnés completo: cota de mayas, peto, escarcelas, botas y guanteletes; el equipo de combate más ligero a causa del tipo de misión en que se habían embarcado. Mientras que Reik se había ataviado solo con una coraza de cuero y escamas metálicas. Ambos mostraban un blasón de plata prendido, en el que se veía un caballo bicéfalo incorporado en sus patas traseras relinchando imponente. Aquel escudo los distinguía como miembros honorables de las fuerzas militares de Terra, puesto que los nobles y campesinos exhibían el mismo escudo tejido con hilo blanco en el jubón o en un brazalete de cuero.

Cerca del mediodía, tras ver árboles y árboles llegaron a un sector habitado.

Reik sacó el mapa, lo extendió sobre la montura y trató de determinar su ubicación. Según el registro avanzaban hacia el sureste junto al Río De Las Ánimas y no se debían cruzar con ninguna localidad, ni siquiera una pequeña aldea. De hecho, la localidad más cercana se hallaba a un día de viaje a caballo, ¿a qué se debería el asentamiento junto a la rivera?

Se acercaron precavidos esperando avistar a alguna persona, pero no. Hasta donde podían ver, se trataba de tres cabañas que se abastecían generosamente del río y los árboles frutales que percibían hacia donde se volvieran.

Alí desmontó y entregó las riendas de su montura a Reik. A continuación echó a andar en dirección de las viviendas manteniendo la mano en la empuñadura de su espada.

—Con cuidado, por favor —dijo en voz baja Reik, amarrando las riendas al árbol más cercano al río para que las bestias bebieran.

Como no había ni un indicio de gente, el guerrero se paseó silencioso por entre las construcciones. Pero al divisar una silueta humana en una de las ventanas comprendió que no se encontraban en el mejor lugar. no sabía exactamente si era un hombre o una mujer, solo distinguía un cuerpo colgado del centro del cuarto, probablemente atado del cuello.

Así descubrieron que con la división de las tierras, muchas localidades fueron desplazadas a los bosques y montañas y sus habitantes se vieron obligados a depender del saqueo. Si bien los dominios señoriales producían generosos recursos naturalmente, sus habitantes no permitían que los bárbaros, como denominaban a los pueblos aborígenes que en su mayoría provenían del Cañón De Los Conocimientos, las tierras salvajes situadas en dirección sureste del otro lado de la Montaña Roja, se mezclaran con la urbe. En las llanuras las tribus llevaban vidas nómades trasladándose con sus rebaños en búsqueda de los pastos más verdes sin alejarse del río o sus afluentes. Sin embargo, muchas se adentraban en los bosques de Terra o Pradera dispuestas a saltear, uniéndose a grupos bandidos o criminales de los señoríos para incrementar sus fuerzas.

—Reik, regresemos a las…

Sin poder terminar la frase, Alí quedó pasmado al ver cómo su escudero se derrumbaba a escasos metros de él, con unas coloridas plumas aflorando de su espalda.

Oteó el entorno buscando minuciosamente a los atacantes, pero no detectaba el más mínimo indicio de ellos.

Se acercó al caído que aún respiraba y se quejaba. Si conseguía detener a los agresores podría salvarle la vida.

De pronto escuchó el zumbido de una nueva saeta, y al dar un paso atrás el proyectil pasó rozándole la garganta quedando metido en el tronco de un árbol. Esto era justo lo que necesitaba para contraatacar. Llevó la mano izquierda a la parte posterior del cinto y extrajo un estilete. A continuación lanzó el arma en la misma dirección de donde había volado la flecha, sintiendo gran conformidad al oír el alarido de un hombre.

De un momento a otro se encontró rodeado. El grupo de enemigos se había aproximado desde atrás, armados con hachas y picas.

Alí dedujo que se trataba de bandidos por sus vestimentas que no solo resultaban pobres, sino que también estaban abolladas y, en varios integrantes, hasta oxidadas.

Separó las piernas preparándose para entrar en combate; procuró  no apartarse demasiado de Reik temiendo que le pudieran dar el golpe de gracia.

Uno de los hombres se separó de la formación y elevó el hacha por sobre la cabeza. Al momento de ejecutar el golpe, Alí se apartó dando un paso al costado, y aprovechando el espacio libre le propinó una estocada empalándolo por el flanco derecho justo debajo de la zona axilar, un punto libre de coraza y de fácil acceso a su arma. El sujeto se apartó dando alaridos y cuando se disponía a responder, Alí le dio un nuevo mandoble que lo decapitó.

Los camaradas del caído dejaron escapar un grito de guerra, antes de abalanzarse con todo sobre Alí.

Consciente de la notable desventaja, Alí arremetió sin temor. Apartó la lanza de uno de los enemigos con el guantelete para clavarle la hoja en el abdomen. Acto seguido arrancó el acero y se dio media vuelta, con lo que alcanzó a un segundo contendiente en el antebrazo despojándolo del miembro.

Una de las hachas lo alcanzó en la espalda. Solo se salvó de quedar partido en dos debido al espaldar y a la cota de mayas, pero el impacto lo desestabilizó, arrojándolo de bruces al suelo junto con la mano mutilada que no solo seguía derramando sangre, sino que también se sacudía aferrada al mango del hacha.

El cuatrero se preparaba para repetir la dosis, pero Alí se apartó, incorporándose a duras penas.

Dos hombres más le cercaron el paso buscando empalarlo con agudas picas que forzaron al caballero a repelerlos de un fiero mandoble. Con la defensa rota de los enemigos, Alí quiso abatirlos, pero fue reducido por un devastador impacto en el flanco izquierdo que lo hizo quedar tendido de espalda. Seguramente se trataba del sujeto que le había golpeado antes, y si bien la afilada pieza de acero no logró penetrar las anillas metálicas, el ataque tuvo la magnitud suficiente para privarlo de la respiración por unos segundos.

Mientras escuchaba el relinchar de los caballos retumbando en su cabeza, notó que la vista se le nublaba aunque esto no fue impedimento para saber que el salvaje se preparaba para rematarlo. No obstante, cuando sintió que su camino llegaba a su fin, cerró los ojos y oyó como un ser desconocido se encargaba de cada uno de los bárbaros. Primero sintió unas estrepitosas pisadas venir a velocidad sobrenatural, y luego los gritos de miedo mezclados con el dolor de los hombres. Aquel ente misterioso los estaba acabando en medio de una tormenta carmesí.

Cuando fue acallado el último alarido, Alí temió por la vida de Reik así que, luchando contra el dolor punzante en su costado que le impedía moverse, comenzó a incorporarse. Clavó la espada en la tierra, sirviéndose de este soporte para quedar de pie, y al alzar la vista quedó sin habla. Ante sus ojos estaba un gigantesco tejón, que con ayuda de sus inmensas garras redujo a pedazos a los ladrones.

Alí se mostró intimidado. Sabía del temperamento de los tejones, y con un ejemplar como este delante, que era seis o siete veces su tamaño normal, las posibilidades de salir sano y salvo se reducían considerablemente. Sin embargo, la criatura se hallaba lamiendo sus patas delanteras, sin quitar del caballero las grises pupilas un solo momento.

—Tranquilo, no te lastimaré —dijo el animal empleando una nítida voz humana—. Venía siguiendo a estos sujetos hace tres días; no eran de la zona. Parece que procedían de las tierras del sur, quizás de las que delimitan con Escarcha o Glaciar. ¿De dónde vienen ustedes?

Alí se había encontrado con feroces dragones de distintas clases y tamaños, pero jamás con un animal gigante que, como si fuera poco, ¡hablaba! El dolor pasó a segundo plano dando paso a violentos espasmos musculares; notó como la vista se le nublaba poco a poco. Seguramente aquella criatura salvaje se abalanzaría sobre él, pero ya no tenía fuerzas; fue entonces que finalmente soltó la espada para caer inconsciente junto a su camarada.

# Capítulo 6

## El brujo del bosque

Ambos despertaron al mismo tiempo y se sentaron observando inquietos a su alrededor. Estaban recostados en un jergón de paja, arropados por una gruesa manta de lana gris.

—¿Estás bien, Reik? —consultó Alí, confuso.

El hombre de color se tocó con cuidado la espalda, ¡las heridas ya no estaban!

—Sí, estoy bien…

—¿Sucede algo?

—Eh… Bueno… No tengo lo que me hirió la espalda, ¿acaso todo fue un sueño?

—No, todo fue muy real —le respondió una voz desde el otro extremo del cuarto.

Se giraron al mismo tiempo y descubrieron a un hombre de mediana edad reposando en un taburete. Al conectar las miradas, el extraño les sonrió haciéndoles notar que era amigable.

—¿Qué tal se sienten después de dormir durante tres días?

Con la pregunta, Alí y Reik se exaltaron. ¿Cómo podía ser aquello?

¡Dormidos durante tres días!

—¿Quién es usted, y dónde estamos? —preguntó Reik.

—Mi nombre es Daan, y en estos momentos se encuentran en mi cabaña, a unas seis o siete horas del punto en donde los emboscaron. Estaban bastante mal, y estoy seguro de que si no hubiera sido por mí, que les he aplicado una poción de raíces, no la cuentan.

—¿Qué nos pasó? —inquirió Alí queriendo indagar un poco más en todo esto, ya que la imagen del tejón gigante no se la conseguía quitar de la cabeza. A esto se sumaba una cuestión que le inquietaba: la voz de Daan se asemejaba a la de aquel animal. Por lo tanto, para quitar todo tipo de especulaciones, necesitaba oír la verdad.

—A ver, yo venía siguiendo a un grupo de ladrones, y cabe la casualidad que ustedes se los cruzaron. Como era de esperarse, no se resistieron a emboscarlos, y mientras luchaban, me otorgaron el tiempo suficiente para alcanzarlos y eliminarlos.

Alí se quedó meditando la respuesta del hombre. Recapituló poco a poco la batalla, pero por más que se esmeraba en analizar cada suceso, no se quitaba de la mente el tejón que le había salvado la vida. ¿Acaso, Daan sería aquella criatura?

—Creo… que vi un tejón —musitó Alí, temiendo que lo tomaran por loco.

El primero en clavarle la mirada fue Reik. Seguramente pensaría que se había golpeado la cabeza, o que descuidadamente ingirió algún hongo alucinógeno.

—Alí, ¿te sientes bien?

El caballero se encogió de hombros.

—Tranquilo, Alí está en perfecto estado —comentó Daan, incorporándose—. Él me vio en mi forma animal.

Alí y Reik quedaron boquiabiertos al contemplar cómo el cuerpo del hombre comenzaba a transformarse: Sus mandíbulas se alargaron al igual que su cuerpo; cada rasgo humano fue menguando bajo el pelaje gris, negro y blanco de lo que hasta hace poco fueron sus manos y pies en los que, por último, le afloraron afiladas garras capaces de cortar en pedacitos un cuerpo ataviado con armadura.

Una vez finalizada la transformación, Daan se aproximó lentamente bamboleando su cuerpo robusto e inquietando a los hombres.

—Despreocúpense, no pienso atacarlos —indicó Daan, apoyándose en sus cuartos traseros—. Por el tipo de vestimenta que traen, imagino que vienen de una de las tierras señoriales. ¿De cuál será?

Daan lucía como tejón, ¡y hasta olía como uno! ¿Qué clase de ser era?

Alí se sacudió el temor. Por lógica, si Daan los hubiese querido matar, ya habrían pasado a mejor vida. Se incorporó y descubrió que no llevaba puesta la armadura, nada más el gambax y la calza. Seguramente al despertar exaltado, y al llevarse la impresión de que Daan, quien los rescató, era un tejón gigante, había pasado por alto la incomodidad que hubiese sido dormir con el arnés.

—Venimos de Terra, los dominios de mi señor Michael —respondió Alí, mirando de reojo hacia los costados en busca de sus cosas.

—Sí, he estado allí un par de veces. Se dice que en Terra están los mejores curanderos del mundo entero.

Este comentario hizo que recordaran a Job. Seguramente él estaría muy preocupado realizando ritos de buena fortuna para que ambos regresaran sanos y salvos a su hogar. Entonces recordaron la poción niveladora de emociones, Alí la debía beber al menos una  vez al día, ¡y estuvieron durante tres días dormidos! Se miraron inquietos. Por lo menos Alí no estaba pensando en suicidarse, ¿qué habría pasado?

Daan regresó a su forma humana y luego de ajustarse el caftán gris que traía, y que no se quitaba al momento de convertirse en animal, dijo:

—Por cierto, traían poción niveladora de emociones, así que deduje que uno de ustedes es dependiente de ella. Pero como estaban inconscientes, se la suministré a ambos.

Reik estuvo a punto de caer desmayado, ¡ahora tenía de aquel líquido infernal en su organismo! ¿Qué pasaría si se le pasara por la cabeza suicidarse? Todo por culpa de aquel hombre mutante.

—Sí, yo soy dependiente de aquella poción —respondió Alí preocupado por su amigo, puesto que desconocían los efectos secundarios de la poción en quién no la necesitaba; y por la reserva de la misma, que debería alcanzar para terminar el viaje.

—Ya veo… —dijo en un suave murmullo Daan, dándole suaves tirones a su crecida barba.

—¿Cómo pudo darme a beber de aquel brebaje? ¡Ahora seré dependiente! —exclamó furioso Reik.

—No te equivoques, hombre; solo se hacen dependientes de la poción niveladora aquellos que sufren de un desorden en las emociones. Quién beba de la poción y no tenga algún tipo de trastorno, ya sea negativo o positivo, a lo más sufriría una diarrea que se puede solucionar con una sopa de plantas de pantano o bien con una pasta de escamas de dragón verde.

—¿Está seguro de lo que dice? —inquirió Reik, un poco más calmado.

Daan asintió, exhibiendo una pronunciada sonrisa que ya se estaba haciendo peculiar en él.

—Pero, ¿y mis reservas? —masculló Alí, temiendo que el abismo en el cual se encontraba sumido regresara incrementado tres o hasta cuatro veces más.

—Ni las he tocado. Dejé todo en la habitación contigua.

—¿Entonces, cómo nos suministró la poción?

—Preparé un poco más —respondió Daan, señalando un botellón de cristal que estaba en la esquina junto al taburete donde estuvo sentado minutos antes—. Oh, por los dioses, ¡creo que olvidé mencionar eso! Soy curandero.

—¿Curandero? —espetaron ambos al unísono.

Daan dio una cabezada, en señal de asentimiento.

—El manejo de ciertos compuestos con fines medicinales, tanto en su tierra, como en el resto del mundo, me hacen quedar dentro de la categoría de curandero. Aunque si agregamos ciertas prácticas... —meditó un momento Daan, luego continuó diciendo—: Creo que también sería llamado hechicero, mago o como los llaman en los pueblos aborígenes, un brujo.

—Mmm... —se mostró inquieto Reik.

—Lo que sí, les aclaro que no soy de aquellos que practican la magia podrida.

—¿A qué se refiere con lo de podrida? —consultó Alí.

—Nosotros, la gente del bosque, llamamos magia podrida a las prácticas que llevan los hechiceros de su tierra —contestó el brujo, mostrándose por primera vez serio—. Esos hombres y mujeres que descaradamente se hacen llamar hechiceros o magos, sobrepasan los límites que nos coloca la madre tierra.

Alí se aclaró la garganta. Las palabras de Daan le calaban profundamente.

Era cierto que muchos hechiceros seguían rígidamente las leyes de la magia en las que se restringían el uso de parte de aquel arte, especialmente lo que involucrara directamente a seres sobrenaturales, o ingredientes denominados prohibidos por su uso con fines de resurrección o inclinados hacia la vida eterna; pero de igual forma, demasiados amantes del poder oscuro se servían de las prácticas tachadas buscando perseguir sus egoístas propósitos.

Sin embargo, en esta oportunidad comenzaban a conocer una rama de la magia que desconocían por completo, inclinada a mantener una armonía con la naturaleza; o esa era la teoría.

—¿Y qué hacen un caballero y su escudero lejos de las tierras de su señor?

—Estamos en una misión... —respondió Alí, tratando de desviar la pregunta—. No hemos visto muchas personas por estos lugares.

—Claro que no verán muchas personas en este rincón del mundo, ya que estamos prácticamente en las venas del Bosque Espectral. Y debido a los relatos que se cuentan de este lugar, con suerte los bárbaros se adentran en busca de localidades que saquear.

Alí y Reik tragaron saliva. No pensaban que llegarían tan pronto al Bosque Espectral.

—No teman —dijo Daan dejando escapar una ligera carcajada—. La gran mayoría son solo historias. Lo único que les puedo asegurar, porque lo he visto con mis propios ojos, son las apariciones de ciertas entidades espirituales que generalmente buscan entablar contacto con los humanos.

De pronto, Alí reparó en el colgante que llevaba Daan al cuello. Se trataba de la imagen de un tejón enroscado con las patas y la cola bien escondidas en su vientre: parecía ser de madera, engarzada en una cadenilla de cobre.

—¿Qué es eso?

—¿Qué cosa? —preguntó Daan aferrando la imagen con la mano derecha—. Ah, ¡esto! Es una bellísima imagen de un tejón trabajada en la corteza de un árbol petrificado.

—¿Guarda algún significado? —trató de persistir el caballero.

—Em, no, ninguno en realidad. Únicamente nos es útil para participar en el torneo de los antropomorfos.

—¿Antropomorfos? —inquirió Reik.

—Sí, los humanos que tenemos la capacidad de tomar apariencias animales. Sé que de donde vienen no se habla mucho de esto, e incluso podría afirmar que desconocen del tema; pero aquí, en los límites de Tierra Negra, ser un antropomorfo es algo normal.

Alí y Reik se miraron. Para su fortuna, todo lo concerniente a su búsqueda se les estaba entregando en bandeja de plata. Si ya estaban a las puertas de la aldea oculta, nada más les quedaba buscar al hechicero. Aunque les quedaba una interrogante más que gigantesca: ¿Cuál era el nombre de aquel hombre? Job les había entregado las indicaciones para encontrar la localidad, pero no la identidad de aquel conocido suyo. ¿Tendrían que preguntar a cada uno de los habitantes, o él sabría cómo reconocerlos? De una u otra forma, ya estaban en el lugar indicado, y les había costado menos de una semana llegar allí. Ahora se tendrían que armar de paciencia para terminar la misión.

—Por cierto, el torneo empieza mañana. ¿Les gustaría acompañarme?

Les extrañaba demasiado la gentileza de Daan. Pero si así podrían llegar a Tierra Negra sin perderse por días o hasta semanas, la única opción era confiar.

—Sí, nos gustaría observar el evento —contestó Alí palmeando el hombro de Reik.

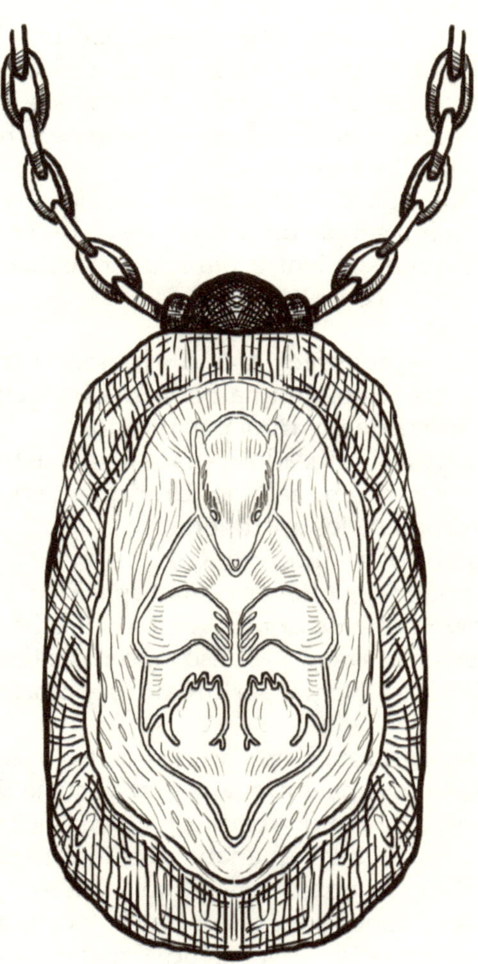

—¡Perfecto! —profirió Daan—. Gracias a la poción de raíces, las heridas de Reik ya cerraron y la energía de ambos está restaurada. Podemos emprender camino de inmediato.

—Pero —interrumpió Reik, dedicándole una mirada de soslayo a su compañero—. ¿Nuestras monturas?

—Bueno, no me fue fácil en verdad traer a las bestias, tuve que suministrarles un somnífero bastante potente.

Ambos le clavaron furiosas miradas al brujo. Se hallaban muy lejos de su tierra, no sería ninguna gracia perder a los caballos.

—Calma, calma, están bien. El somnífero fue para cargarlos en mi espalda y traerlos en menos tiempo. Soy más rápido como tejón que como hombre, ustedes entienden ¿verdad?

Los dos se encogieron de hombros.

—Ya, ya; será mejor que nos apresuremos. Sus pertenencias se encuentran en el cuarto contiguo; vístanse con lo que estimen, que emprenderemos camino dentro de cuarenta minutos.

Dicho esto Daan salió, reflejando en su semblante el gusto que le daba que ellos lo acompañaran.

# Capítulo 7

## Tierra negra

Luego de suministrarle sopa de plantas de pantano a Reik, emprendieron la marcha al corazón del Bosque Espectral donde se ocultaba Tierra Negra.

La noche ya estaba sobre sus cabezas, pero si querían llegar al torneo a tiempo y disponer al menos de un par de horas para acomodarse, era primordial salir lo antes posible. Por causa de las monturas, Daan iba al frente enseñándoles el camino.

Al internarse en la arboleda, Alí y Reik comprendieron porqué le llamaban el Bosque Espectral. Los árboles de aquel lugar tenían características únicas que resultaban aterradoras: sus formas daban la impresión de ser monstruos verdosos listos para lanzarse sobre las presas. Las ramas retorcidas subían ondulantes sin presentar nudos o ramificaciones como si fueran tentáculos; y por causa de las hojas grises, alargadas y coriáceas que solo crecían en sus copas se creaba un ambiente envuelto en penumbras. En las cortezas irregulares se marcaban patrones que asemejaban redes de venas que parecían palpitar. Y como si esto no bastara, en algunos se arremolinaban varias ramas al terminar el tronco central creando la ilusión de una cabeza amorfa.

El suelo estaba cubierto por un pastizal poco tupido que, con mucha suerte, serviría para que un depredador de talla media acechara desde el costado del camino.

La aguda vista de Daan distinguía el camino, y de no haber sido por él, estaban seguros de que hubieran vagado sin rumbo durante días.

En silencio caminaron entre un matorral que se elevaba casi a la altura del pecho. Los guerreros avanzaron lentamente atrás del tejón evadiendo prominentes piedras hasta verse frente a frente con la entrada a Tierra Negra.

Se trataba de un portón de plata custodiado por cuatro soldados armados con mazas de guerra. Los mismos árboles de apariencias monstruosas funcionaban como muros para la localidad, alineados de tal forma que nadie pudiera ingresar, salvo los animales hasta el tamaño del perro. Y para incrementar aún más la seguridad, se distinguían barras de acero con afiladas púas situadas horizontalmente a lo largo de los árboles, formando así una peligrosa cerca.

Al ver al gigantesco tejón los hombres abrieron las hojas de metal resplandeciente, pero cuando las monturas se disponían a cruzar,  las cuatro mazas se interpusieron.

—No se acepta el paso a extranjeros —anunció el soldado más próximo.

Tanto Alí como Reik se quedaron esperando la ayuda de Daan, que no tardó en llegar.

—¡Alto! Ellos vienen conmigo.

—Conoces las reglas —lo confrontó uno de los guardianes—. No es necesario discutir el asunto. Sólo habitantes de Tierra Negra pueden pasar, y ellos dos no lo son.

—Sí, sí; conozco las estúpidas reglas de este lugar. Sin embargo, ellos vienen como mi compañía en el torneo, ¿O ya olvidaron que un luchador requiere asistentes?

—¡Son las reglas! —repitieron los cuatro hombres al unísono.

Daan resopló fastidiado. Luego perdió su transformación y enseñó dos grilletes.

—Muy bien, como estarán bajo mi responsabilidad, supongo que no habrá problema si los ato.

Los soldados se miraron confusos.

—Ya, ya; quítense, miren que tengo un torneo que ganar y mis siervos me deben ayudar —se impuso el brujo, apartando a los guardianes—. Alí, Reik, bajen de las monturas.

Sin comprender nada, los guerreros desmontaron y extendieron las manos. Aunque fuese esposados debían entrar a Tierra Negra, era  la única oportunidad de hallar al amigo de Job.

Daan les colocó un extremo de los grilletes a cada uno, atando a Alí por la mano izquierda y a Reik por la derecha. Como estas no eran esposas para criminales sino para sirvientes, la cadena que se extendía entre un extremo y otro alcanzaba con facilidad un poco más de un metro.

—Por favor, envíen a las monturas a los establos, y que las atiendan bien —ordenó Daan, bajando el equipaje de los caballos.

Los guardianes fruncieron el ceño.

No obstante, cuando Daan y sus compañeros creyeron haber evadido la problemática, uno de los soldados los contuvo:

—¡Deténganse!

—¿Qué rayos sucede ahora? —espetó el brujo enfadado—. ¿No se cansan de molestar? ¿Por qué mejor no se dedican a hacer su trabajo?

—Que yo sepa, los siervos no requieren de armas —dijo el guardián, señalando con la mirada la espada de Alí.

Furioso con la insistencia de los soldados, Daan sacó un puñado de compuestos y lo arrojó en dirección de los hombres. Estos compuestos se transformaron en llamas que no dañaron a ninguno de los custodios, pero como si tuviesen vida propia, se retorcieron en el suelo cual si se tratara de una serpiente flamígera.

—Si llevan armas o no, es mi asunto, por eso son mis lacayos. Ustedes preocúpense de que esos caballos reciban un buen trato, ya que si continúan con sus molestias, me veré en la obligación de informar al señor, y estoy seguro que no será tan blando como yo.

El hombre enrojeció, y sin tener ni una sola queja más, los soldados cerraron las puertas, prestándose a conducir a los caballos a los establos. Daan dirigió a los guerreros hacia el interior de la aldea caminando por un sinuoso sendero de piedra caliza que serpenteaba por entre inmensos robles de más de veinte metros. Entre el robledal también se veían algunos cedros, cipreses y secuoyas de tamaño inferior, pero que no dejaban de ser descomunales y majestuosos, maravillando con sus colores y aromas.

—¿Por qué tuviste que hacer esto? —preguntó Alí alzando la mano esposada.

—Sucede, mi amigo, que a Tierra Negra no pueden entrar humanos no—mágicos; y la única alternativa de poder acceder, es que sean siervos.

—¿Siervos? —Espetó sorprendido Reik—. No estoy dispuesto a que me traten como un estúpido perro, soy escudero, y me merezco respeto.

—Como todos, mi amigo, como todos. Pero mientras se mantengan en los límites de Tierra Negra, se tendrán que adecuar al sistema.

Al final del sendero se alzaban árboles jóvenes de troncos verdes y delicados junto a extensos parrones con distintas clases de uvas, ofreciendo una vista preciosa para quienes habitaban en aquella zona, además de materia prima excelente para preparar vinos dignos de la mesa de un señor. Las viviendas no eran más que construcciones rústicas, sin mayores lujos. Por entre las edificaciones se paseaban distintas clases de animales de corral como si se tratase de mascotas ordinarias, entregando un panorama absolutamente distinto al que invitaban las tierras señoriales, mucho más campestre.

Daan saludó a un grupo de hombres que hablaban acomodados en unas hamacas mientras bebían en copas de plata.

Tal parecía que los habitantes de aquella tierra acostumbraban a vestir ropajes grises, puesto que almillas, caftanes, calzas, jubones, pantalones, ¡incluso los accesorios! Cada prenda era gris variando únicamente las tonalidades.

Continuaron el recorrido por entre las casas hasta llegar a un grupo de humildes cabañas junto a altos muros de enredaderas. Frente a  la entrada se hallaba un pozo en donde una adolescente pelirroja extraía agua con una cubeta metálica atada a una cuerda de cuero trenzado.

—¡Cómo está, Nina! —profirió Daan, al divisar a la muchacha—. ¡Lamento haber demorado más de la cuenta!

Luego de dejar el recipiente a un lado, Nina lo saludó con la mano, acompañando el gesto con una dulce sonrisa.

—¡Ay, mi pequeña! ¡Siempre tan sacrificada!

Como ya estaba en su hogar, Daan retiró las esposas de los guerreros, y dándoles suaves palmadas en la espalda, los invitó a entrar.

—¡Vamos, vamos! ¡No se me queden afuera!

Alí y Reik ingresaron a la cabaña señalada por el brujo, sintiéndose como verdaderos bichos raros.

Dentro no se diferenciaba mucho del hogar de Job: mesones, repisas con recipientes y millares de taburetes repartidos por toda la estancia. Daan arrastró una de las mesas al centro, le quitó el polvo con la manga y los invitó a tomar asiento.

—Bueno, jóvenes, este es mi humilde hogar —dijo el brujo, cogiendo tres copas de cristal de la repisa más próxima a la puerta—. Sé que no es muy cómodo entrar a un territorio como sirvientes. Pero de todos modos pondré todo de mi parte para que tengan una buena estadía.

—Gracias, Daan, esto significa mucho para nosotros —anunció Alí, destapando la botella en donde traía la poción niveladora de emociones.

—¡Nina, venga a saludar a nuestros invitados! Esta pequeña, que no pueda tomarse un descanso al menos.

—¿Es su hija? —preguntó Reik.

—¿Quién? ¿Nina? No, no; pareciera que lo fuese, pero entre nosotros no existe vínculo de casta alguna.

La muchacha se acercó captando la atención de los dos guerreros. Llevaba el cuerpo ataviado por un caftán gris oscuro ceñido a su esbelto cuerpo con correas doradas. Los cabellos le caían libres sobre los hombros, maravillando a quien lo mirara con su brillo que se reforzaba por una diadema pequeña provista de zafiros trabajados con tal cuidado que sin mayor problema se sabía que representaban pétalos de rosa.

—Esta niña preciosa, es Nina.

—¡Hola! —la saludaron al mismo tiempo Alí y Reik.

Nina, tal como lo había hecho anteriormente con Daan, les respondió el saludo con un grácil movimiento de mano seguido de su hermosa sonrisa. Esto confundió a los muchachos ya que pensaban que ese saludo lo había empleado porque estaba a la distancia y no le apetecía levantar la voz.

—Ya, mi niña, vaya a dormir, pasa de la medianoche.

Dicho esto, ella estrechó la sonrisa y salió de la estancia.

—Y ustedes también deberían ir a dormir —comentó Daan destapando una botella color ámbar—. Solo que antes, le darán un trago a este maravilloso brebaje.

Mientras el brujo llenaba las copas, Reik se quedó pensando en Nina: ¿por qué ella no habría dicho palabra alguna? ¿Estaría

desganada? ¿Oh, acaso lo tendría prohibido? No quería quedarse con la duda, así que cuando Daan le hizo entrega de la copa, preguntó:

—¿Qué sucede con Nina?

Esto captó la atención de Alí, pero el caballero no hizo comentario alguno.

—¿Por qué lo dices, muchacho?

—Porque frente a nuestro saludo se limitó a sonreír.

—Ah, debí suponer que no pasaría desapercibido —se dijo Daan, esbozando una pronunciada sonrisa—. Ella no les dijo nada, porque Nina es muda.

Alí y Reik se quedaron boquiabiertos.

—Ignoro el motivo de su silencio permanente. Ocurre que una noche, hace nueve o diez años, ya olvidé bien el tiempo que ha transcurrido… ¡en fin! Encontré a Nina muy enferma a la orilla del río que cruza el bosque espectral. Era una noche de invierno, llovía torrencialmente y Nina estaba desnuda, luchando por sobrevivir acurrucada entre juncos.

—¿Supo quién le hizo eso? —preguntó Alí, apretando la copa.

Daan se encogió de hombros.

—La ignorancia que existe en las tierras señoriales es tanta, que piensan que todo el que entre servirá de alimento para los demonios. Esta misma creencia es la que deja liberado el acceso para que aquellos sin escrúpulos se deshagan de hijos enfermos o moribundos.

Ambos bebieron de la infusión en silencio, decepcionados al enterarse de estas prácticas de sus semejantes.

Daan se bebió el contenido de la copa de un solo trago, luego se colocó de pie, y dando cuatro palmadas dijo:

—¡Ya, ya! Mañana tendremos un día lleno de emociones, y tenemos que estar con energía. Por cierto, para que no llamen tanto la atención, les prestaré ropas típicas de la zona. Así se podrán mezclar con los demás con un poco menos de rechazo.

Alí y Reik asintieron.

Las tres copas se juntaron en medio de la mesa, y recién ahí Alí le dio un poco más de importancia al líquido que había bebido.

—¿Daan, qué fue lo que nos diste a beber?

—¡Ah, cierto! Con el asunto de Nina lo olvidé. Es hidromiel mezclado con especias únicas de Tierra Negra.

Ambos se quedaron mirando la botella descubriendo varias partículas que flotaban en un líquido verdoso. Resultaba repulsivo.

—Tranquilos —dijo Daan en tono divertido—. Sería incapaz de hacerles ingerir algo que les vaya a hacer mal.

Alí carraspeó y, resignado puesto que ya estaba en su organismo, se encaminó a la puerta seguido por Reik.

—Nos enseñas nuestros cuartos, por favor —acabó diciendo el guerrero, palpándose el estómago.

—¡Al instante!

# Capítulo 8

## Apertura Sagrada

Alí despertó sintiendo que había dormido demasiado. Al mirar de reojo la ventana, la luz se colaba por la ligera cortinilla de tela translúcida: parecía que la mañana estaba bien avanzada. A continuación buscó a Reik en la cama de al lado pero no se avistaban indicios de él.

Tomó asiento en el lecho y comenzó a vestirse reviviendo en su mente la llegada a Tierra Negra. Sorprendentemente, esta aldea era una localidad con bastante movimiento nocturno y, pensando en esto, reparó en un detalle al que no le había dado importancia: todo el lugar estaba lo suficientemente iluminado como para observar el entorno, ¡incluso a distancia! ¿Poseerían algún tipo de iluminación artificial única? No le extrañaría si se consideraba que la aldea estaba repleta de brujos.

La puerta se abrió e ingresó por ella Reik. Solo traía puestos los pantalones, y se frotaba persistentemente el abdomen.

—¿Te sientes bien, Reik?

—Creo que sí. Parece que el brebaje que nos dio anoche el brujo sí tenía algo extraño… amanecí con diarrea.

Alí se sonrió. No desconfiaba de Daan; y por otro lado, no sentía nada extraño en su cuerpo, ni siquiera el más leve malestar. Tal vez Reik era más delicado de estómago.

—¿Dónde está Daan? —preguntó Alí recordando que la mañana estaba bien avanzada.

—Salió temprano. Dijo algo de conseguirnos ropas adecuadas para la ocasión.

—Cuando mencionó eso, pensé que las vestiduras las tenía guardadas entre sus pertenencias.

Reik se encogió de hombros.

Se terminaron de arropar y salieron del cuarto

La particular morada de Daan se conformaba por cinco cabañas que no se conectaban entre sí por ningún tipo de puerta o pasadizo. Tres se empleaban como dormitorios, una como baño y lavandería, y la última como salón principal y cocina.

Al entrar a la estancia donde habían llegado encontraron a Nina ensimismada picando vegetales. Les llamaba la atención su increíble habilidad para cortar empleando un cuchillo carnicero sobre la tabla.

Al advertir la presencia de los hombres Nina dejó su cometido, y los saludó con una sonrisa y su tan característico movimiento de mano.

—Hola —correspondió el saludo Reik.

—Buenos días, Nina —le siguió Alí—. No se moleste por nosotros, siga en lo que estaba.

La chica separó los labios emitiendo suaves murmullos que acompañó con movimientos de sus manos. Señalaba los vegetales de la mesa, la olla que emplearía para cocinar, luego a ella. Repetía los movimientos una y otra vez, variando ciertos gestos al notar las expresiones confusas de ellos. Luego extendió la mano derecha, con la palma apuntando hacia arriba, y pasó la mano izquierda de un lado a otro sin encoger los dedos.

—¿Qué querrá decir, Alí? —preguntó Reik con voz trémula.

—Ni idea.

Nina repitió el gesto nuevamente, y al ver que ninguno de los hombres la comprendía resopló fastidiada y dejó caer las manos a los costados con cierta molestia.

Una sonora carcajada proveniente de la entrada los puso en alerta. Daan se aproximaba con un montón de ropas grises cuidadosamente dobladas en sus manos.

—Es normal que no entiendan a Nina. No se encuentran personas con la condición de ella todos los días.

Reik se quedó boquiabierto, y luego de ir con la vista de Nina a Daan, preguntó:

—¿Usted le entiende?

—Por supuesto, muchacho; no por nada ella lleva casi diez años conmigo. Al principio fue difícil, ya que a pesar de que me puede escuchar, no garantizaba que le pudiese entender. Pasaron un par de años para que lográsemos entablar un lenguaje que nos favoreciera a ambos.

Nina, que comprendía en su totalidad el dialecto hablado, asintió sin quitar un momento su mágica sonrisa.

—¿Y qué nos quería decir? —inquirió Alí.

Daan repitió los gestos y respondió:

—La comida estará lista pronto.

Con la interpretación del brujo, Nina aplaudió riendo jubilosa.

—Bueno, no pongan esas caras largas. Mejor, pruébense estas ropas mientras mi niña termina el almuerzo.

Cogieron las prendas en silencio y regresaron a su cuarto para cambiarse.

Alí estuvo listo pronto. Conservó su almilla, se colocó una calza gris oscura y se ajustó un caftán gris claro con correas en una tonalidad más oscura.

Al salir al exterior se quedó frente al pozo. Se acercó a él a paso lento, miró en todas direcciones y como nadie lo observaba, se subió a horcajadas en su reborde de piedra.

Si bien la poción niveladora de emociones le evitaba sufrir la pérdida de Coral, no significaba que no la pensara momento a momento. Por lo que cuando apreciaba su reflejo en las cristalinas aguas, creyó ver la imagen de la sirena. Según el juego cruel de su mente, ella le sonreía y hasta llegó a oír murmullos a su lado. Era como si realmente su amada estuviese allí, y nunca hubiese dejado este mundo. No obstante él sabía la realidad, era consciente de que la esencia espiritual de ella yacía encerrada en el homúnculo preparado por Baltasar.

Sintió como una lágrima se deslizó de su ojo derecho. Extendió una mano hacia abajo recibiendo un indicio de dolor. Estaba llorando sin sentir angustia alguna. Solo lloraba como si se tratara de la respuesta de su verdadera esencia, la que drogaba con la poción preparada por Job.

Entonces el pozo liberó un poderoso resplandor que cegó momentáneamente al caballero. Parpadeó rápidamente y quedó petrificado al advertir que el rostro de Coral ocupaba el espacio disponible por las aguas. La sirena no se mostraba radiante como él la recordaba, si no que se percibía angustia en sus ojos; pero fuese como fuese se trataba de ella, su amada, quien yacía engarzada en su corazón.

Apretó el reborde con las manos inclinándose aún más sobre las aguas, casi a poco de lanzarse de cabeza.

—¿Coral?

—Alí, escucha, por favor —lo interrumpió la sirena—. Mi espíritu no permanecerá dentro del cuerpo artificial por mucho tiempo. Tienes que darte prisa.

—¿Cómo te pudiste comunicar conmigo?

—La influencia de Job está actuando en el pozo.

—Pero... ¡es imposible! Para eso Job debería conocer de magia... a menos que...

—Alí, eso es algo que deberás preguntarle tú mismo. Ahora no hay tiempo para explicaciones.

—¿Entonces? —inquirió el guerrero, confundido.

—Job no les dijo el nombre del brujo que tenían que ir a buscar a Tierra Negra, y eso fue porque no lo recuerda.

—Grandioso... —se sintió abrumado Alí: ¿cómo rayos darían con ese brujo?—. Esta misión no tiene sentido alguno.

—¡Escucha! —espetó Coral—. Sucede que los brujos que ingresan a Tierra Negra cambian sus nombres. Deciden dejar todo atrás y comenzar una nueva vida.

Alí suspiró mucho más devastado. Si solo se conservaba el nombre de la vida pasada de este hombre ¿tendría que interrogar a cada brujo de la aldea? ¡Si era así lo terminarían matando!

—El nombre de este brujo fue Ereck de Isla Tromba —continuó diciendo la sirena, ablandando el semblante—. No sé cuánto logre aguantar aquí, pero pondré mi mayor empeño en soportar las fuerzas oscuras. Busca a este hombre y vuelve conmigo.

—Lo haré, —musitó Alí sintiendo una marejada de sensaciones que gracias al brebaje no comprendía.

—Te amo —dijo finalmente Coral, antes de que su imagen se disolviera en el fondo del pozo.

El resplandor lo volvió a cegar, y en esta ocasión fue tan intenso que se desplomó hacia atrás.

—¡No, Alí! —exclamó Reik, al ver como su camarada caía a plomo.

Una vez de rodillas al costado de Alí, advirtió un atisbo de emoción en la expresión del caballero.

—¿Qué te pasó, amigo?

—No lo sé —respondió en un suave murmullo Alí, y sin tomar el peso de la caída, se quiso incorporar.

—No, Alí, quédate un momento recostado. ¡Casi te partiste la mollera!

—Con razón me siento mareado.

—Idiota, ¡ni que hubieses visto un fantasma!

—No, pero vi a Coral —anunció Alí.

—¿Qué? —Reik se sintió en medio de la peor de las bromas—. Hermano, sabes bien que Coral está muerta. No pudiste haberla visto.

—Pero la vi. Tal como los hechiceros logran plasmar sus rostros en objetos bruñidos, Job hizo que la imagen de ella surgiera en medio del pozo.

Sin llegar a digerir lo que Alí decía, Reik se incorporó y le dio una ojeada a las cristalinas aguas del pozo. Allí no había imagen alguna ¿acaso su amigo se estaría volviendo loco?

—Alí, aquí no hay nada.

—No seas idiota, Reik —musitó el guerrero, sentándose con cuidado—. Solo estuvo el tiempo necesario para darme el nombre del brujo.

—¿Ah, sí? ¿Y cuál es?

—Ereck de Isla Tromba.

El hombre de color no daba crédito a las palabras de Alí, y mirando de reojo por última vez las aguas, echó a andar en dirección a la cabaña que Daan empleaba como comedor.

—¿No me crees, verdad?

Reik se detuvo.

—¿Por qué no lo ves? Solo existe una explicación a esto, y es que Job nos envió a buscar a un brujo, sin revelarnos que él también practica la magia.

Lleno de dudas dando vueltas en su cabeza, el escudero se giró y conectó su mirada con la de Alí.

—Solo podremos saber si el maestro nos mintió cuando regresemos a Terra. Hasta ese momento, no quiero oír ningún tipo de insinuación sobre el tema, ¿de acuerdo?

—De acuerdo —aceptó de mala gana el caballero.

—Ahora vamos a comer, Daan y Nina nos esperan.

Alí asintió.

El día transcurrió como si nada hubiera pasado, y a horas de que llegara el crepúsculo, Daan los condujo a un claro en el centro de la aldea donde se realizaban los tributos a los dioses.

Todo se había preparado previamente por la gente de la aldea: la instalación de las gradas y resto de implementos que se usarían a lo largo del torneo. Situadas al este y oeste del terreno se apreciaban dos piedras gigantescas con grilletes de plata, como si se tratara de un cadalso pero sin la cavidad para la cabeza del condenado. Justo al frente de las gradas había un rico archero exhibiendo varios tipos de espadas diferentes que no se lograba saber si eran de ceremonia o de lucha, ya que las hojas se hallaban dentro de las exquisitas vainas engalanadas con piedras preciosas.

Mientras Daan, Nina y los dos guerreros se acomodaban en la fila más alta de la tribuna, un grupo de hombres equipados con varas correteaban a las gallinas que seguían en medio del lugar buscando gusanos.

En poco tiempo las gradas estuvieron repletas, y una vez que cuatro hombres encendieron la hoguera en el centro de la arena, comenzaron a oírse tambores y otros instrumentos de percusión típicos de la zona que tocaban una rápida marcha. En medio de esta marcha hizo acto de presencia el señor de Tierra Negra. Se trataba de un hombre mayor de edad imposible de calcular, que pese a su abundante cabellera blanca y las arrugas que le surcaban la frente, se mantenía erguido. Medía un poco más de dos metros y conservaba un porte imponente gracias a sus prominentes músculos.

Contrario a los habitantes de la aldea que vestían ropajes grises, este líder venía ataviado con jubón, pantalones y botas negras, capa carmesí, y adornos en plata u oro. Sostenía dos espadas ceremoniales casi tan largas como él, forjadas en metales nobles.

—Él es nuestro señor Garrod, el alto antropomorfo —dijo orgulloso Daan—. Nadie sabe de dónde vino, ni mucho menos qué edad tiene; pero según las leyendas, fue él el primer brujo de los tiempos que enseñó a los altos hechiceros.

Alí y Reik lo miraron con admiración. Ni el más viejo de los señores de las seis tierras ostentaba aquella grandeza. Garrod, fácilmente podría ser llamado el hijo de los dioses.

Del costado derecho ingresaron diez soldados, equipados con armaduras y espadas. Rodearon a Garrod y, sin perder tiempo, desenvainaron.

—Alí, Reik; presten mucha atención —indicó Daan con voz seria—. Es cierto que este es un espectáculo en honor a nuestros dioses, pero no quita que los combates sean tan peligrosos como una batalla real. Esos hombres portan espadas afiladas para la ocasión, mientras que nuestro señor solo tiene dos hierros ceremoniales, sin filo alguno.

—¿Están locos? —espetó Reik, preocupado—. ¡Esos soldados lo matarán!

Alí le apretó el brazo a su camarada en señal de tranquilidad. Conocía de cerca el entrenamiento de los soldados, y sabía que la batalla podría acabar mal; no obstante él era un gobernante, y si su título perduraba en el tiempo, era por algo.

—Reik, observa detenidamente la apertura de este torneo, no te pierdas de ningún detalle; y al final entenderás porqué él es el alto antropomorfo —dijo finalmente Daan, regresando a lo que acontecía en la arena.

La música se detuvo repentinamente, y tras un grito de guerra que compartieron los once hombres en el campo de batalla, se abrió el encuentro.

Como si empuñara simples varas de bambú, Garrod giró en su posición ganando terreno con la extensión de las espadas. Acto seguido arremetió al primer soldado corriendo a velocidad sobrehumana. Se lanzó sobre la presa rompiendo la guardia con el acero izquierdo, para devastarlo de un mandoble con el derecho. El impacto fue brutal, ya que el sujeto recibió el golpe en el centro del cuerpo, y cayó estrepitosamente.

Reik, atónito con lo que veía, buscó las respuestas en Daan, quien no se hizo esperar:

—¿Increíble, verdad? Él, nuestro señor, es el hombre más fuerte que existe sobre la tierra. De hecho, si un soldado ordinario quiere empuñar las espadas que porta, deberá blandirlas con las dos manos.

—Sorprendente —musitó Reik, sin poder asumir lo que sus ojos apreciaban.

Garrod realizó un molinete con la mano izquierda, y aplastó el yelmo de un soldado con la hoja sosteniendo la empuñadura firmemente. Seguido se giró, fustigando el abdomen de un enemigo más con la parte plana de la espada derecha. Los dos luchadores se desplomaron separados por menos de un segundo, y tal como el primer caído, no se pudieron levantar más.

—¿Cómo logra moverse tan rápido? —preguntó Alí.

—Nadie lo sabe, muchacho; ni el grupo de Ancianos de Tierra Negra conoce la historia completa de nuestro señor, es un misterio.

—¡Miren! —exclamó Reik, anonadado.

Un hombre más mordía el polvo, y otros dos eran alcanzados por las espadas, por lo que cayeron de bruces.

—Este hombre no es humano —se dijo Alí, contemplando como Garrod despegaba del suelo los pies de un rival más, tras castigarlo en el centro de su cuerpo con un demoledor cuchillazo.

El señor de Tierra Negra volvió a girar y pateó al hombre más cercano en el muslo haciéndolo perder estabilidad, para finalmente reducirlo con el acero al ajusticiarlo en el costado derecho del cuerpo.

Los últimos guerreros atacaron al mismo tiempo persiguiendo la oportunidad de tocarlo al menos. Como respuesta a esto, el líder juntó las manos y lanzó un tajo mortal de izquierda a derecha con las espadas juntas. Al culminar el movimiento, con las piernas separadas y los dos hierros por sobre la cabeza, ambos contendientes se derrumbaron de espalda, fuera de batalla.

Garrod bajó las armas, y habló hendiendo el firmamento con su voz que, por la fuerza, más pareció un rugido de una bestia salvaje. El público lo acompañó con gritos y vítores, en reconocimiento de la grandeza que acompañaba a semejante gobernador.

# Capítulo 9

## El cambio de forma

El cielo comenzó a enrojecer, y cuando el último soldado inconsciente fue retirado en ligeros camastros de madera acolchados con jergones rellenos de hojas secas, el señor de Tierra Negra regresó a la arena y tomó su lugar acostándose junto a la hoguera.

—¡Tal como todos los años, rendimos tributo a nuestros dioses! —comenzó el discurso Garrod, alzando las manos por sobre la cabeza—. Enssus y Dessus, los padres del panteón, aguardan ansiosos este día, y nosotros, como sus fieles hijos mortales, ¡los honraremos con este espectáculo!

—¿Qué queda para Ahan y Vahal? —Inquirió Reik—. ¿Mehed y Tandris?

—Esos, muchacho, solo son hijos de los altísimos —respondió Daan, apuntando con la mano derecha al cielo—. No pasan sin adorar, pero este espectáculo ritual es para los originarios, quienes nos otorgaron el poder de transformar nuestros cuerpos mortales.

—Reik, recuerda que los cultos varían según la localidad —señaló Alí.

—Por lo tanto —continuó diciendo Garrod—. Como es de costumbre, antes de que nuestros cuatro titanes se enfrenten para saber quién es el merecedor del cáliz divino, ofreceremos ¡la danza de fuego!

Al oír esto, Nina abandonó su lugar y bajó a toda prisa a la arena.

—¿Qué le pasa a Nina? —Consultó Reik observando cómo la muchacha se despojaba del caftán—. ¿Participará del evento?

Daan asintió en silencio.

Tanto Alí como Reik continuaron observando desconcertados. No tenían bien en claro de qué trataba dicha danza, pero al contemplar que la joven se quitaba las prendas hasta quedar con dos piezas de cuero, se temieron lo peor.

Las prendas que usaría en el espectáculo resultaban muy pequeñas y cubrían su intimidad con mucha dificultad. Sobre estas prendas se ajustó una capa carmesí que iba asegurada por dos broches al sujetador, y se calzó unas botas de piel de dragón negro que le llegaban un poco más abajo de la rodilla. De cada pieza de cuero colgaban largas tiras que prometían tapar apenas nada, ya que al entrar en movimiento y agitarlas habría fácil acceso a su cuerpo para cualquiera de los ojos curiosos de los espectadores.

Nina les sonrió a los tres, y fijó su mirada en Daan. El hombre le murmuró un par de palabras que ella leyó de sus labios, y después de asentir con firmeza se encaminó al centro de la arena, tal como varias participantes más.

—¿Qué le dijo? —preguntó Alí, intrigado

—Que dé lo mejor.

Las mujeres que formaban parte de este espectáculo eran de diferentes edades y color de piel, lo que daba un notorio indicio de que Tierra Negra se conformaba por personas de diferentes rincones del mundo que venían dejando su vida anterior atrás, deseando cambiar su forma de vivir. De igual forma había habitantes de Cárcava, la aldea en donde residía la casta secundaria de antropomorfos, que se asentaba en el límite sur del Bosque Espectral, junto al Río Rojo.

Con expresión decidida, las aproximadamente treinta participantes fueron rodeando la hoguera a fin de prepararse para la señal que daría inicio al baile.

—¿Qué tendrán que hacer? —inquirió Reik sin poder quitar la atención de la figura de Nina.

—Esto, mis estimados, es el preludio al torneo. La danza de fuego, donde las integrantes tendrán que luchar en contra de todas las rivales hasta que solo quede una de ellas en pie.

El escudero apretó los puños. Consideraba a Nina como una joven bella y delicada, no una guerrera.

Entonces dieron inicio los tambores a los que se unieron tres flautas que llevaban la melodía. Las mujeres dispersas alrededor de las llamas comenzaron a moverse al compás de la música: levantaban las manos como si quisieran tocar el cielo sangriento y batían las caderas con sensualidad. Luego, y sin dejar de moverse por un solo instante, sus palmas comenzaron a despedir una energía ligeramente plateada que dirigieron hacia el frente, y bajaron con las piernas separadas, hasta casi tocar con las nalgas desnudas el suelo.

En el centro del peculiar baile, las llamas respondían a la influencia energética, arrancando del corazón de la hoguera verdaderas lenguas ardientes, que a cada instante se expandían con voracidad. Entonces, cuando las flautas pararon y los tambores incrementaron la velocidad, cada mujer atrajo sus manos al pecho arrancando de la pira velos flamígeros. Armadas con este elemento se lanzaron unas sobre otras.

Los presentes se impacientaban, y concentrados en lo que pronto se desataría en medio de la arena, dejaron incluso esos tan molestos cuchicheos.

Alí, Daan y Reik mantuvieron la atención fija en Nina, quedando sorprendidos por el despliegue ante la situación.

Sirviéndose de un manejo espléndido, Nina dio un giro en el lugar atacando a la primera enemiga, a la que desarmó al arrojarle un espiral de fuego. A continuación se apoyó en el pie izquierdo y volvió a girar sobre sí misma, aunque en esta ocasión con la pierna derecha extendida, acompañándola maniobra con las llamas. De esta forma ganó terreno al dejar serias quemaduras en las mujeres más cercanas.

Daan se hinchaba de orgullo por su niña, quien con pocos meses de práctica había progresado bastante. El año anterior también se enfrentó al reto de la danza de fuego, y por la poca preparación terminó con quemaduras de baja intensidad pero lo suficientemente dañinas para dejarla fuera de combate.

Ahora era algo totalmente distinto, ella se dedicó aprender el arte del baile ofensivo, dispuesta a dejar todo en la arena.

De un impulso, Nina se elevó propinando una patada mortal en la cabeza de la enemiga más cercana, y al caer aterrizó cabeza abajo sobre las manos y separó las piernas de manera amenazante. Se concentró y ejecutó un movimiento aún más osado: bajó con la mano izquierda para impulsarse con la contraria, y realizó un extraordinario giro sobre su miembro, con lo que golpeó a dos contendientes más. De un salto se puso en pie sin dejar de mover las caderas al ritmo de los tambores. Observó gozosa que las afectadas con la pirueta yacían estiradas en la arena, conscientes a duras penas.

—Creo que al salir de aquí necesitaré una ducha fría —comentó Reik, frotándose las manos.

—Es alucinante ver a tantas mujeres preciosas luchar ¿verdad? —Le soltó Daan—. Muchos vienen a disfrutar de esta parte del espectáculo por el morbo, les encanta.

—Me imagino —susurró Reik clavando la vista en una mujer morena, que al elevar las manos, dejó deslizar las tiras del sujetador destapando los enhiestos pechos.

—¿Por qué pelean con tan poca ropa? —consultó Alí.

—Es por la imagen de Dessus, la madre creadora. Se supone que cuando los seres oscuros se quisieron revelar a los dioses, la diosa peleó con ese tipo de ropas, armada únicamente con el fuego originario.

—Entiendo —asintió Alí—. Buscan el espíritu guerrero de Dessus en esta lucha.

—Así es, muchacho; y Nina anhela ser bendecida por la fuerza de  la reina del universo.

Manteniendo el control, Nina abatió a la última rival a su alcance debilitándola de un puntapié en el abdomen, seguido de un puñetazo acompañado por fuego. Mientras esta desafortunada se desplomaba de espalda, del otro lado de la hoguera la mujer morena que hasta hace un momento Reik devoraba con la mirada aplastaba literalmente el cráneo de su contraria empleando las manos juntas.

Solo restaban dos luchadoras quienes, sin dejar de marcar el compás del baile, se aproximaron con pasos cautos. Se fustigaron con las miradas estudiando minuciosamente las expresiones corporales, haciendo un esfuerzo por predecir la siguiente jugada.

La mujer de piel oscura fue la primera en actuar, Corrió hacia su presa con las manos juntas a la altura del abdomen enfocando de este modo la energía hacia ella. Nina la vio venir, y separando las piernas invocó una serpiente de fuego que embistió desde abajo. La rival colisionó al ofidio con los puños juntos, y desató una onda expansiva con tal violencia que ambas rodaron en polvorosa, presentando quemaduras en distintas partes del cuerpo.

Pese al cansancio y el dolor ninguna se detuvo, sino que volvieron al combate inmediatamente. Golpe tras golpe, avanzaban y retrocedían; las poderosas guerreras no cedían un solo momento, la gloria las aguardaba. Sin embargo, la superioridad y la práctica marcaron la diferencia.

Nina ya empezaba a sentir las punzadas en los músculos de piernas y brazos. Daan la había entrenado lo más que pudo, habilidad, resistencia, los elementos que se requería para ser toda una gladiadora; no obstante la contraria ya había participado durante cuatro años seguidos de la danza de fuego, arrastrando la experiencia suficiente para saborear la victoria.

Las luchadoras cargaron el peso en su pierna izquierda e impartieron demoledores golpes de puño y pie que si bien machacaban sus carnes, no quebrantaban su orgullo.

Nina se arrojó al piso para esquivar una patada dirigida a su cabeza, y rodando con destreza felina se aferró de la pierna que la contraria usaba como soporte, jalándola con fuerza. La oponente se estrelló con estrépito levantando una nube de polvo; no obstante, esto no bastó para derrotarla pues se incorporó rápidamente y regresó a la acción. Al son de los tambores intercambiaron puñetazo por puñetazo. Preocupadas sólo de atacar, no se detuvieron siquiera un instante a bloquear, esquivar o retroceder: era el todo por el todo.

Sintió que su energía no daba para más, y sumado al dolor de sus cardenales y quemaduras, Nina se sirvió de su último recurso al alcance: la transformación. Consumida en flamas, toda su figura adolecente desapareció quedando en su lugar una colosal pitón albina, que lanzó los anillos sobre su presa. La rival evitó el abrazo al rodearse con fuego, y una vez sana y salva se transformó tomando la apariencia de una pantera. Las garras del felino arremetieron sin piedad atravesando la protección escamosa de la culebra, para rematarla al aventarla por sobre la pira. Nina impactó brutalmente contra el suelo, perdiendo la transformación sin poder batallar más.

Daan bajó corriendo de las gradas, seguido muy de cerca por Alí y Reik. Nina había dejado todo en la arena, y en estos momentos se tendría que estar sintiendo aplastada. Por lo tanto, mientras Garrod se encaminaba a honrar a la vencedora, los tres cargaban a la muchacha en un camastro para sacarla de allí.

Como la transformación le había destrozado las pocas prendas que llevaba, Daan se despojó del caftán para cubrir su desnudez. Ella se revolvió sobre el jergón, confundida con lo que había pasado; pero al conectar la mirada con el brujo, éste le dijo para tranquilizarla:

—Siéntete orgullosa de ti, mi niña, dejaste todo en la arena.

Nina resopló apesadumbrada.

—Él dice la verdad —apoyó Reik—. Estuviste asombrosa, ¡la próxima vez será muy diferente!

Ella asintió, sonriendo.

Daan se sintió inmensamente agradecido del escudero, y después  de regalarle un beso en la frente a su adorada pequeña, la cargaron fuera del campo de batalla. Se merecía descansar.

# Capítulo 10

## Cambio utópico

Daan trasladó a Nina del camastro portable al cómodo lecho de la joven y la tapó cuidadosamente con las ropas de cama. Su expresión compartía su opinión respecto de la derrota, se sentía muy frustrada. Se esforzó al máximo durante los días de entrenamiento sin importar lo complicado o desgastante que fuese la actividad, y aun así la energía activa de los dioses no la había acompañado.

—Tranquila, mi pequeña, los dioses te deben deparar sorpresas en el camino —le susurró él al oído.

Le sonrió calmada, confiaba plenamente en las palabras del brujo.

—Por favor, quiero pedirles que se queden cuidandola —les dijo Daan, acariciando las manos de la muchacha—. Yo tengo que presentarme a los combates del torneo.

—Sí, no hay problema —respondió Reik, dedicándole una mirada de soslayo a Alí.

—Vaya con confianza, Daan, haremos lo que podamos para que Nina esté cómoda.

—Gracias, les confío la seguridad de mi niña.

Dicho esto, Daan salió rápidamente de la estancia, y se apresuró lo más posible para no llegar atrasado.

Reik se quedó mirando fijamente a Alí, y tras mantener el silencio por algo más de un minuto, anunció:

—Creo que uno de nosotros debería ir con Daan.

—Sí, opino lo mismo —dijo en un hilillo de voz el caballero, deteniéndose a observar a Nina que poco a poco era arrastrada a la tierra de los sueños—. Ambos requieren de apoyo. ¿Cómo definimos quién va?

—¡Simple! —exclamó Reik, tratando de controlar la voz para no incomodar a la muchacha—. ¡Lanzaremos una moneda! Y quien acierte, va con Daan.

—Sí, me parece justo.

Reik sacó un Draco de plata, el cual por un lado mostraba el emblema de la tierra señorial de la cual procedía, o sea el caballo bicéfalo que representaba a Terra; y del otro lado el escudo que simbolizaba la alianza entre las seis tierras, las seis espadas entrecruzadas formando una extraña estrella.

—¿Sello o escudo?

Alí pensó antes de responder:

—Escudo.

—Muy bien, ¡aquí va!

La moneda salió girando hacia arriba y, cuando caía, el escudero la atrapó con ambas manos. Dejó una palma descubierta con la moneda encima enseñando el escudo de alianza, lo que declaraba al guerrero como ganador.

—Ten cuidado en el camino —dijo Reik, guardándose el Draco en el bolsillo—. No conocemos bien a esta gente.

—Lo sé.

Alí salió corriendo del recinto.

Ya se había ocultado el sol, y a pesar de esto la noche estaba clara; era su oportunidad de descubrir por qué sucedía eso allí. Elevó la vista y notó que por sobre los techos de las casas flotaban millares de luces que eran llevadas de aquí para allá por la brisa. A simple vista daba la impresión de ser luciérnagas aunque dos o tres veces más grandes de lo normal.

—¿Mi señor, disfruta mirando a los trou? —dijo una voz, agazapada en el tejado de la izquierda.

Alí buscó detenidamente al responsable de la voz, y encontró un par de ojos dorados refulgir en la sombra de las vigas.

—Ah, mi señor quiere ver al viejo Gor.

—¡Vamos, muéstrate! —profirió Alí, desenvainando.

—Oh, no, no, mi señor, el viejo Gor no quiere hacerle daño.

El guerrero caviló en lo que estaba haciendo, y de mala gana bajó la espada.

—Sí, sí; eso está mucho mejor.

—Si no me quieres hacer daño, al menos deberías presentarte —acabó cediendo Alí, sin bajar la guardia por completo.

—¡Oh, claro que sí! Gor se presentará ¡ahora mismo!

De un salto el ser salió del espacio en el tejado en el que se ocultaba y quedó a menos de un metro de Alí. Se trataba de un animal mágico presente en algunos rincones del mundo, un gaoru. Los gaoru se asemejaban a los gatos domésticos, aunque tenían la capacidad de caminar erguidos y de poder hablar.

—Un gusto, mi señor. Espero que la presencia del viejo Gor no lo aterre, eso lo haría sentir muy triste.

Alí había oído en repetidas oportunidades acerca de los Gaoru, que cumplían la tarea de ser guardianes, y estos rumores no venían de personas poco fiables. Por lo tanto envainó, y con tranquilidad se prestó a entablar conversación con Gor.

—No, tranquilo, no te temo.

—¡Muchas gracias, mi señor! Eso pone muy contento a Gor.

—¿Qué te trae por aquí, Gor? —preguntó Alí, cruzándose de brazos.

La criatura estaba cubierta por un frondoso manto de pelaje gris con una franja negra que le nacía por entre las orejas hasta la punta de la cola. En la mano derecha traía un brazalete de plata con rubíes engarzados, acomodados de tal manera que semejaba una flor.

—Cierto, mi misión —susurró Gor, agarrándose la esponjosa cola con las manos—. Mi señor Job me envió a cuidarle, estaba muy preocupado por usted.

¿Job, manteniendo contacto con seres mágicos? ¡Un indicio más para Alí de que era un hechicero!

—Aprovechando el momento, Gor...

—¿Sí, mi señor?

—Hay algo que necesito saber de Job.

—Dígame, mi señor. Veré si puedo responderle.

—¿Job es un hechicero? —le soltó Alí, sin regateo.

Los ojos de Gor se abrieron desmesuradamente, y llevando las manos a la base del cuello, como si contuviera lo que quería decir, respondió:

—Disculpe al viejo Gor, mi señor, pero no le tienen permitido hablar de ello.

Alí sopesó la reacción del animal. Si le tenían prohibido hacer mención de la condición del curandero, solo quedaba una alternativa. Job sí era un practicante de la magia.

—Bien… respetaré tu silencio, Gor.

—¡Gor se lo agradece, mi señor!

Tratando de olvidar el tema de Job, Alí alzó la mirada, y se quedó prendido del armónico deslizar de los trou. Le parecía que existía una barrera invisible, y que estas formas luminosas se pegaban a ella.

—¿Qué me puedes contar de esos seres, Gor?

El felino entornó los ojos para observar a los trou, como si el intenso brillo de estos le molestara.

—Los trou, mi señor, no tienen forma alguna. Son como amebas luminosas capaces de dejarse arrastrar por la más suave brisa. No comen, ya que nacen como criaturas independientes que se van consumiendo momento a momento, por lo que la vida de ellos no dura más de cuatro días.

—No tiene sentido —masculló Alí—. Existir para devorar tu propio cuerpo… que absurdo.

—Entre mi gente se cuenta, mi señor, que los trou son espíritus errantes. Cuando un ser mortal es corrompido por la oscuridad, al morir se convierte en trou, y aparece y desaparece hasta que su esencia esté completamente limpia. Gor no puede asegurar que esto sea cierto, ya que a pesar de sus mil trescientos cuarenta años, hay misterios del mundo que no han sido revelados por los dioses.

El guerrero se quedó contemplando detenidamente a Gor, sin llegar a creer la edad que este tenía. Si bien ya exhibía los leves matices argénteos en el pelaje, únicos de edad avanzada, por su complexión y forma de moverse, aún aparentaba vigor.

—¿Cuánto vive tu raza, Gor?

—Mi señor, los Gaoru somos animales mágicos; no sufrimos enfermedad, ni tampoco nuestros cuerpos se deterioran con el paso del tiempo.

—¿Quieres decir que son inmortales? —inquirió Alí.

Gor asintió.

—Vaya… —dijo el guerrero en un imperceptible murmullo—. Cada vez me sorprende más este mundo.

—Mi señor, Gor no quiere ser imprudente, pero me temo que está olvidando un evento importante.

—¡Cierto! —Se exaltó Alí—. La batalla de Daan. Tengo que ir. Gor, ¿quieres acompañarme?

Los dorados ojos de Gor se iluminaron, y dando saltitos eufórico repetía:

—¡Gor quiere ir! ¡Gor quiere ir! ¡Gor quiere ir!

—Pues vamos entonces.

El animalito dio un salto hacia Alí, y a medida que se acercaba a él se fue reduciendo de tamaño, hasta que no fue más grande que una canica. Luego se introdujo en el bolsillo del caftán del caballero, dejándolo perplejo con lo presenciado.

—Pero… ¿Gor?

—Tranquilo, mi señor. Nosotros nos podemos ocultar con facilidad del resto de las personas —explicó Gor.

—Así veo…

Dicho esto, Alí retomó el camino. Pedía de corazón que Daan aún no estuviera combatiendo.

Al ingresar a la arena se quedó congelado al divisar el cierre del primer combate. Un gigantesco tigre blanco apresaba en sus fauces la pata delantera de un cocodrilo, apartándolo del suelo, para finalmente estrellarlo brutalmente. El reptil no murió con el golpe, pero dejó de ofrecer lucha. El público ovacionó al vencedor, quien volvió a su forma humana. Se trataba de un hombre de talla media, cuerpo generosamente musculoso, de ojos y cabellera azabache.

—No me dejan de sorprender estas personas —comentó Alí, subiendo a las gradas.

—Mi señor, los antropomorfos son la raza bendecida por los dioses. No son inmortales, pero son longevos.

—Sí, me he dado cuenta.

Alí tomó asiento en el mismo puesto donde estaban anteriormente, y Gor aprovechó de asomarse por el bolsillo.

—¡Gor está encantado! —vociferó la criaturita.

—Guarda silencio, Gor —le llamó la atención el guerrero, al notar que las personas cerca de él lo miraban.

—Le ofrezco mis disculpas, mi señor, no fue la intención de Gor que usted se enfadara.

—Tranquilo…

Alí no pudo decir una palabra más. Al otear toda la arena, encontró a Daan y otro hombre atados a las rocas de la izquierda. Solo estaban ataviados con pantalones y botas, el resto de prendas se las habían arrebatado.

—¿Qué van a hacer con ellos? —se preguntó el guerrero, desconociendo el proceder.

—Rendirle honores a los dioses, mi señor —respondió Gor—. Se cuenta por los Gaorus milenarios, que en la guerra contra los demonios, Enssus estuvo durante veinte noches atado a la roca primigenia, y que cientos de espectros lo torturaron sin descansar. Entonces, cuando la luz tocó su corazón, hizo estallar la energía de sus carnes, liberándose y aniquilando a sus captores.

—En ninguna de las tierras señoriales se sigue estos ritos, siendo que se llenan la boca hablando de que en sus manos se encuentra la palabra de los padres del universo.

Garrod, situado del otro lado de la arena, dio la señal para que el combate comenzara.

Ambos se debatieron en sus ataduras, buscando quedar libres lo antes posible.

El rival era un hombre negro con el doble de masa corporal, y fue el primero en liberarse. Partió los grilletes sin mucho problema y echó a correr al archero, haciéndose con una espada. Daan estaba en problemas.

Alí apretó los puños. Su rival se acercaba y el brujo aún no se liberaba, ¡le clavarían la espada sin dejarlo defenderse! No obstante se veía calmado, como si tuviera la respuesta bajo la manga.

Su oponente hizo manifiesta su supuesta superioridad al elevar el acero por sobre su cabeza acompañándolo de un grito de guerra que encendió al público. Luego retomó lo que estaba a punto de hacer. Pero cuando llevó el arma al costado para darle a Daan el golpe de gracia, los grilletes de este último cayeron en pedazos como si hubieran sido cortados con una hoja demasiado afilada. La cuchilla centelló al impactarse con la piedra, y Daan se aferró a la ventaja que se le presentaba. Recogió un puñado de tierra que le aventó al contrario usando la magia para que lo castigara una andanada de rocas del tamaño de un puño.

Mientras el sujeto se recuperaba, Daan llegó hasta el archero y cogió uno de los hierros.

—A Gor le agrada el flacucho.

Este comentario hizo sonreír a Alí.

—Se llama Daan; y sí, es un hombre formidable.

Junto a la pira y en igualdad de condiciones dieron inicio al formidable intercambio de cortes arremetiendo sin compasión, en búsqueda de la primera sangre: izquierda, derecha, izquierda, derecha: el metal liberaba centenares de chispas con cada embate dejando en claro que no era un juego.

El hombre de color dio un mandoble con ambas manos de tal forma que rompió la defensa de su rival, y cuando dejó caer la espada directo a su garganta, Daan reaccionó expulsando lenguas de fuego con su poder mágico que obligaron al gigante a retroceder. A continuación contraatacó de abajo hacia arriba, dejando la primera marca en la piel de ébano: el coloso sangraba de un tajo en el pecho.

Deslizó los dedos por el contorno del corte y cambió la expresión de su rostro al contacto de la tibia sangre. Como un dragón negro furioso, dejó escapar un grito que rasgó el cielo seguido del estruendo metálico del acero. Iracundo, embistió estremeciendo los miembros de su rival con cada impacto.

Uno, dos, tres y cuatro; el hombre negro embestía con todo su arsenal utilizando el mayor empuje de sus hinchados músculos. Daan no soportó el castigo por mucho tiempo más, por lo que bajó el arma. Este fue el instante mejor aprovechado por su contrario, quien le propinó una devastadora patada en el centro del pecho y lo hizo caer a plomo. A continuación se despojó del acero, transformándose en toro.

—¿Qué hará Daan ahora? —se preguntó Alí, preocupado.

El bovino azabache arremetió con los cuernos hacia abajo.

Daan previno este movimiento y se incorporó antes de que la bestia lo empalara, pero aun así quedó atrapado en medio, y fue despegado del suelo por el animal que emprendió una carrera en dirección a las rocas, con la intención de despedazar el cuerpo del hombre al estrellarlo en ellas.

—¡Está en problemas! —exclamó el guerrero, apretando a Gor en la mano derecha.

Los ojos del animal mágico casi se salieron de su lugar, y con cierta dificultad profirió:

—¡Está aplastando a Gor, mi señor!

—Oh, lo siento mucho.

—Uf, gracias —musitó Gor al estar libre.

Cuando restaban segundos para la colisión, Daan soltó la espada y se empujó hacia el lomo de la criatura con ayuda de los cuernos. Por lo tanto, al estrellar el peñasco fue el cráneo del toro el que recibió todo el castigo. Luego, como el rumiante yacía aturdido, Daan se transformó en tejón y lo aferró con las patas delanteras para aventarlo por sobre la pira. El cuerpo cayó a plomo, levantando una cortina de polvo, y una vez disipada, se mostró el cuerpo del hombre negro tirado a lo largo del suelo. Había perdido el conocimiento.

Garrod no tardó en ingresar a la arena y, frente al público conmocionado con los acontecimientos, le levantó la pata a Daan: era el vencedor.

Alí se puso de pie y se unió a los aplausos y gritos eufóricos del público. A pesar de que su rival lo superaba en tamaño, el brujo había entregado lo mejor de sí y había vencido.

# Capítulo 11

## La taberna de Wombat

—¡Victoria! —Entró Daan gritando y azotando la puerta—. Nina, ¡mi niña! Gané la primera batalla.

Nina se sentó en su lecho sobresaltada de susto, y Reik, que se encontraba dando cabezadas acomodado en un taburete junto a la ventana, quedó de espaldas en el suelo.

—Daan, por favor, tenga calma —le dijo Alí, ayudando a su escudero a levantarse.

—Sí, lo sé. ¡Es que no puedo contener esta felicidad! ¡Pasé a la noche final!

—Creí que el torneo solo era un día —comentó Reik, sacudiéndose las ropas.

—No, muchachitos; el combate final del torneo se llevará a cabo mañana, sólo que nos dan tiempo para que nuestros cuerpos descansen.

—Entonces tiene que ir a dormir —le soltó Alí—. Mañana tiene que estar al máximo.

—¡Claro que no! —espetó Daan—. Esto tiene que celebrarse, ¡y tengo el lugar indicado para eso!

—¿Habla en serio?

—¡Sí, Reik! —lo interrumpió el brujo—. ¡Los voy a llevar a la mejor pocilga del bosque espectral!

—Pero, ¿y Nina? —consultó el escudero, preocupado por la joven.

—No te preocupes por ella, estará feliz de que la dejemos dormir tranquila.

—Me consta... —se dijo en un hilillo de voz Alí, al ver la expresión de fastidio de la adolescente.

—¡No sigamos perdiendo el tiempo aquí, vamos! —gritó a todo pulmón Daan, mientras salía de su hogar.

Nina suspiró aliviada, y luego de intercambiar una última mirada con Reik, volvió a acostarse y se cubrió con las ropas hasta la cabeza.

—Vamos, Alí, dejémosla descansar.

El guerrero asintió. No obstante, cuando se preparaba para seguir a su camarada, Gor salió de su bolsillo de un salto y quedó junto a la cama de Nina, y allí se acurrucó sobre una alfombrilla.

—¿Te quedarás aquí, Gor? —preguntó Alí al ver que la criatura mágica se abrazaba a su frondosa cola.

—Sí, mi señor. Espero que no le disguste que el viejo Gor repose hasta el alba.

—No, Gor; de todos modos no creo que te agrade donde iremos.

—Tenga cuidado, mi señor, el peligro está presente en cada lugar.

¡Hasta en la sombra del árbol más pequeño!

Alí sonrió y respondió:

—Sí, tendré cuidado. Ahora descansa. Feliz sueño, Gor.

—Gracias, mi señor.

Los dorados ojos del Gaoru se perdieron en la frondosidad del pelaje, y Alí salió del cuarto cerrando suavemente la puerta.

Daan y Reik lo esperaban impacientes, listos para correr a internarse en el bosque espectral. Incluso ¡el brujo ya estaba transformado en tejón!

—¿Todo bien, Alí? —lo abordó Reik notando un atisbo de preocupación en el caballero.

—Todo bien, camarada. ¿Nos vamos?

—¡Sí, muchacho! —Respondió Daan mientras encogía las patas delanteras para que sus acompañantes se treparan a su lomo—. Por favor afírmense como si la vida les fuese en ello, ¡miren que voy a correr como un rayo!

Alí y Reik se subieron a la espalda del tejón sosteniéndose con fuerzas del pelaje más próximo al cuello. Una vez asegurados, el animal echó a correr. Pasó a velocidad vertiginosa por entre las casas, llegó a un punto en la arboleda por donde se trepaba por unos peñascos, y superó los límites de Tierra Negra de un poderoso salto. Al plantar las patas en polvorosa, se adentró en el bosque.

Tras unos minutos de carrera, se cruzaron con el río. Reik, que tenía una noción más nítida del territorio, supuso que se trataría del mismo flujo que usaron como guía al emprender el viaje: el Río De Las Ánimas. Daan, en vez de detenerse a meditar cuál sería el mejor método para atravesarlo, aceleró y siguió corriendo aún más fuerte; y cuando estuvo en la orilla, se impulsó con las patas traseras y saltó por encima de las aguas. Alí y Reik temieron acabar en las claras aguas del torrente por lo que se apretaron contra el cuerpo de la bestia. Solo pudieron respirar aliviados cuando las patas delanteras del tejón se afianzaron al otro lado. Acto seguido, el brujo avanzó en zigzag esquivando árbol por árbol, hasta detenerse ante una enredadera.

—¡Llegamos! —anunció Daan, mientras encogía los cuartos delanteros.

¡Estaban vivos! Cuando Alí y Reik relajaron sus manos se desprendieron mechones del lomo del animal.

—Desmonten, por favor.

Los hombres se desplomaron sobre el manto verde. Nunca creyeron adorar tanto poder tocar tierra firme.

Daan perdió la transformación y, después de acomodarse el caftán, apartó las enredaderas en un punto y reveló una cueva.

Alí se incorporó y siguió en silencio a Daan con Reik pisándole los talones. Descendieron por una tosca escala de mármol, y por cada peldaño que bajaban, se hacían una idea más definida del gigantesco espacio que se expandía a su alrededor. Al llegar al fondo, el brujo chasqueó los dedos, y unas antorchas que pendían de los muros de la caverna se encendieron expulsando fantasmagóricas llamas azules. Esto hizo que quedaran de frente con un imponente sujeto.

Alí lo quedó mirando fijamente, hasta descubrir que se trataba del ganador del primer combate en el torneo: el antropomorfo que tomaba la apariencia de un tigre blanco.

Este hombre, a pesar de su imponente figura, al conectar la mirada con Daan sonrió y saludó a todo el grupo con la mano.

—¡Mira a quién me vengo a encontrar aquí! —exclamó el brujo, acercándose al extraño—. ¿Cómo estás, Tigris?

—¡Mi ratón sobrecrecido favorito! ¡Ven aquí, te daré un abrazo!

Alí y Reik se quedaron sin palabras. Ellos eran rivales del torneo, y mañana, en el cierre del evento se batirán en duelo. ¿Cómo se podían comportar como si nada pasara? Se abrazaron con fuerza, dándose amistosas palmadas en la espalda.

—Estuviste grandioso, Tigris, ¡que cierre más espectacular!

—Gracias, amigo —le correspondió su futuro rival empujándose hacia atrás los cabellos que se le precipitaban por los hombros—. Darius no lo hizo nada mal. Su forma animal es más rápida que la criatura natural, a pesar de ser un cocodrilo, y eso le añadió dificultad a la lucha.

—Sí, lo noté —asintió Daan, girándose hacia donde los contemplaban el guerrero y el escudero—. Tigris, te presento a Alí y Reik. Ellos no son de Tierra Negra, solo están de paso.

—Jóvenes, un gusto —los saludó el hombre, realizando una sutil reverencia.

Ambos le respondieron con el mismo gesto.

—¿Sabes, Tigris? Sospeché que vendrías a celebrar.

—¿Ah, sí? ¿Tan predecible soy?

—Por favor, somos amigos —respondió Daan, sonriendo.

—Ah, bueno; si lo pones así, tienes razón.

—Ya, vamos, las cervezas heladas nos esperan —acabó diciendo Daan, palmeándole la espalda a Tigris.

Alí y Reik se volvieron a mirar, confundidos; pero suponían que nadie en Tierra Negra lo comprendía, así que prefirieron callar su curiosidad en cuanto al asunto.

Al poco tiempo se detuvieron a un par de metros de la gigantesca puerta cerrada que resguardaba el recinto. El primero en acercarse fue Daan. Aquel bloqueo estaba hecho de piedra sólida, en una sola pieza, salvo por la diminuta ventanilla de madera que exhibía en el centro superior de la misma. El brujo dio dos golpes con los nudillos, del otro lado corrieron un cuadrado de madera deslizándolo hacia el costado izquierdo y se asomó un gran ojo negro.

—¿Listo para el acertijo? —preguntó una terrorífica voz cavernosa.

—¡Tan listo como las ganas que tengo de empinarme una jarra! —respondió Daan, con voz firme y segura.

—¿Con cuántas rondas se echa el perro?

—¡Con tres!

—Respuesta correcta. Bienvenidos a la taberna de Wombat.

Dicho esto, el ser del otro lado cerró la ventanilla, y en muy poco tiempo la puerta comenzó a levantarse. Poco a poco fue quedando a la vista de los presentes un mundo totalmente distinto donde, con solo cruzar un corto corredor, se ingresaba a un rincón donde todos eran animales. Es más, la puerta era custodiada por cuatro rinocerontes de tamaño colosal, tan grandes que hasta Daan transformado en tejón solo les llegaba a la barbilla.

—¡Disfruten de su estadía! —dijeron al unísono los custodios, empleando la misma voz cavernosa.

Daan y Tigris parecían estar en su casa, ingresando a largas zancadas. Muy por el contrario, Alí y Reik caminaban inseguros, mirando en todas direcciones como si de un momento a otro alguno de los seres allí presentes les fuese a caer encima.

Cruzaron el recinto sin mirar a ninguna mesa. La intención era llegar primero a la barra para saludar al anfitrión. Allí estaba él, Wombat, que mientras reposaba cómodamente en su trono de mullidas pieles, los observaba de pies a cabeza.

—¡Hola, amigo Wombat! —lo saludó Daan mientras corría a estrecharle la mano.

Wombat se asemejaba a los osos, aunque era mucho más pequeño y tenía el cráneo más alargado. Todo su cuerpo estaba cubierto por una frondosa mata de pelo color chocolate que resaltaba las palmas de las patitas, que eran rosadas, y en menor grado los ojos, que parecían simples perlas negras.

—¡Daan, Tigris! ¿Cómo están, amigos?

Luego de estrecharle la mano a Daan, Wombat 'saludó a Tigris y a los jóvenes que los acompañaban.

—Espero no te complique que traigamos humanos corrientes a la taberna.

—¡Daan, por Enssus! Todos son bienvenidos en mi humilde hogar. Ahora cuentenme, ¿Qué se sirven?

—¡Como si no nos conocieras! —le soltó Daan, dándole un pequeño empellón a Wombat en el robusto cuerpo.

Wombat dejó escapar una sonora carcajada, enseñando los afilados incisivos.

—Tienes razón, Daan. ¡Numbat, ven por favor!

Del fondo de la barra se abrió una puerta y apareció un animal bastante extraño: de contextura delgada, su cabeza se asemejaba a la de las ardillas, aunque esta era un poco más estrecha. Tanto la cabeza como las partes internas de las patas y la mitad de la espalda eran de tonalidad café claro, que se volvía tono casi arena  al llegar a la punta del hocico. Desde la mitad del tronco hasta la grupa mostraba bandas blancas y negras que bajaban hasta el nacimiento de los muslos, y también presentaba estas bandas alrededor de los ojos. Por último, su estilizada cola exhibía mechones negros y cafés.

—¡Numbat, saluda a nuestros amigos!

—¡Daan, Tigris! Tanto tiempo sin verlos.

—Sí, es que estuve fuera de Tierra negra por un par de días —respondió Daan ubicándose en medio de los dos hombres—. Te presento a mis invitados, Alí y Reik.

—¡Un gusto! Los amigos de Daan son mis amigos —señaló Numbat—. Bueno, no los haré esperar más, ¡les traeré la mejor cerveza de nuestra bodega!

Mientras Numbat se perdía tras la puerta, Wombat les hizo un gesto al grupito para que se arrimaran a él, y en un hilillo de voz les comenzó a decir:

—Escuchen con mucha atención: Rudis trajo mercadería nueva.

—Vamos Wombat, no me vengas con eso —dijo Tigris, cruzándose de brazos—. La última vez que dijiste eso ¡esa alimaña trajo una docena de conejas! Y cual más flacucha que la otra…

—Tigris, las conejitas estaban bien buenas —le refutó Wombat—. Es más mi hermano, a Rudis le fue tan bien ¡que trajo al resto de la madriguera!

—¡Disculpen! —los interrumpió Reik—. ¿Pueden ser más claros? ¡No estoy entendiendo nada!

—¡Ah! Lo siento mucho —se disculpó Daan—. Estamos hablando de mujeres serviciales.

—¡Por Enssus, Daan! —Espetó el anfitrión—. Diles las cosas como son: son putas, hijo.

—¿Putas? —Se sorprendió el escudero—. ¿Conejas putas?

—Sí, hijo; pero si no te gustan las conejas, también tiene gacelas, siervitas, tigresas, unas cuantas perritas, ¡hasta una pantera!

—Wombat, no creo que mis amigos requieran los servicios de alguna de ellas.

—No lo sé… Mujeres son mujeres, no importa su especie. De todos modos, si las quieren, ahí están.

Daan y Tigris se encogieron de hombros.

—Pero si lo que queremos es beber —señaló Alí, apoyándose en la barra.

—Sí, hijo; ya viene Numbat con la cerveza. ¡Aún espero el barril! Este muchacho es un obseso por el orden, y después se demora en encontrar lo que busca.

—Vamos a tomar un lugar mientras nos traen el barril —dijo Tigris, oteando la taberna para buscar un mesón desocupado.

—Sí, vayan con calma. Cuando llegue Numbat le diré que les acerque lo solicitado.

Empezaron a caminar, y Alí reparó en un detalle: ¡Wombat no traía colgante! Miró de reojo a Tigris y descubrió que, al igual que Daan, llevaba una cadena de cobre de la que colgaba una imagen grabada, solo que esta era de un tigre en lugar de un tejón.

—¿Qué pasa, hijo?

Alí meditó la pregunta.

—¡Tranquilo, que no te voy a comer! —bromeó Wombat para romper el hielo.

—No tiene la imagen —musitó el guerrero señalándose el pecho—. Daan y Tigris sí la tienen.

—¡El tótem! No, lo que ocurre, hijo, es que soy exiliado de Tierra Negra, y cuando me expulsaron de la aldea, me despojaron de mi tótem. Me cuidaba la imagen del oso.

—Todos los exiliados de Tierra Negra pierden su tótem, así como la habilidad de transformarse en animal —comentó Daan aferrando su tótem de tejón.

—Pero… —balbuceó Reik, dudando si preguntar o no—. ¿Él sigue transformado en animal?

Daan, Tigris y Wombat compartieron una carcajada. Luego el anfitrión anunció:

—Sucede, hijo, que cuando fui expulsado traté de construir mi propio tótem, pero como mis dotes en el arte no son de lo mejor… ¡salió esto!

—¡Y vaya que te salió fea la bestia! —se mofó Tigris, apretándose el abdomen por tanto reír.

—Eso no lo niego. Pero no has visto al tipo del fondo —dijo Wombat, señalando a un ornitorrinco.

—Idiotas —farfulló Daan, aguantándose la risa—. Ya, vamos a la mesa.

Wombat los acompañó hasta el lugar y aprovechó de dar un vistazo a los grupitos dispersos por el local. Como estaban en días del tributo a los dioses no muchos asistían; pero al menos los desterrados de siempre no fallaban.

Cuando estuvieron acomodados llegó un grupo de cinco antropomorfos. Se trataba de cuatro mapaches encabezados por una elegante zarigüeya que se acercó a la mesa. Daan, Tigris y Wombat se pusieron de pie con expresión jovial.

—¡Rudis! —profirió Wombat—. No creí que llegarías tan pronto.

—El trabajo no puede esperar, mi estimado. Daan, Tigris, que gusto verlos aquí, ¿andan en busca de alguna siervita especial?

—No, amigo, lo siento, pero por hoy, paso —respondió Tigris, llevándose la mano a la boca para luego decir entre dientes—: Aunque me arrepienta…

—Pero mi buen Tigris, no has visto la nueva mercadería que me llegó —indicó Rudis, sin querer darse por vencido tan pronto—. Si quieres puedes mirar, sin compromiso alguno. Tú sabes, por algo somos amigos.

La libidinosa mirada de la zarigüeya plantó las dudas en la mente pervertida de Tigris. Él siempre acostumbraba a probar la carne nueva que llegaba, acaso ¿esta sería la excepción?

—¿Qué dices, amigo?

Tigris dudó por un momento, luego no consiguió aguantar más la curiosidad y asintió.

—¡Perfecto! Pach, Doch, acompañen a nuestro amigo hasta el rincón del placer; y por favor, que tenga lo mejor —ordenó Rudis, exhibiendo una maliciosa sonrisa.

Dos de los mapaches condujeron a Tigris hasta una puerta cercana a la bodega en la que aparecía una coneja grabada.

Rudis se aclaró la garganta, y tras dar un conteo mental de la gente en la mesa, se encontró con Alí y Reik. Se acercó rápidamente, examinándolos de pies a cabeza, y una vez entre los jóvenes, dijo:

—Veo que tenemos caritas nuevas, ¿Cuáles son sus nombres, amigos?

—Alí y Reik —respondió Daan, tajante—. Y no se te ocurra ofrecerles algo. Ellos solo están de paso.

Rudis frunció el ceño.

—Daan, amigo, disculpa mis modales. Creo que tendré que prestar más atención a mis acciones, ¿cómo estás?

—Bastante bien, ¿y tú? —preguntó Daan, regresando a su lugar.

—Aquí, bien; probando con nuevos negocios. ¿Me puedo sentar con ustedes?

—Claro, adelante —respondió Daan.

—Muchas gracias. —Rudis tomó lugar a la mesa junto a sus dos secuaces.

—¿En qué clase de sucio negocio andas ahora, Rudis? —inquirió Wombat.

—Ay, amigo, ¿cómo me tratas así? ¡Como si fuese un rufián!

El silencio invadió la mesa hasta que llegó Numbat con el barril. Le dejó una jarra de espumosa cerveza a cada uno y, finalmente tomó un lugar él, dándole un largo sorbo a su jarra.

—¿Me perdí de algo? —preguntó Numbat, percibiendo la tensión en el ambiente.

—No, camarada; nos preparábamos a escuchar a nuestro buen amigo Rudis —respondió Wombat, fustigando a la zarigüeya con la mirada.

—¿A mí? Bueno, les daré a conocer todos mis nuevos proyectos.

Rudis introdujo sus dos manos en el marsupio y sacó un saquillo de seda que vació sobre la mesa. Se desparramaron varios tótems de animales que captaron la atención de todos los presentes.

—¡Observen! La revolución de los cambios antropomórficos: ¡tótems preparados!

—Pero… —musitó Reik—. ¿Funcionan?

—¡Claro que sí, amigo! ¿Quieres uno? ¿Qué animal te gustaría ser?

—¡Silencio! —Lo interrumpió Daan—. Rudis, sabes bien que no todos pueden ser antropomorfos.

—Daan, confía en mí, ¡esto cambiará el mundo!

—No, si quieres probar tus porquerías llévalas a otro lado, pero mis invitados no serán tus conejillos de indias.

—Pero Daan, escucha…

—¡Rudis! —Alzó la voz Wombat—. Aquí no son bienvenidos tus productos. Por favor, guárdalos.

—Bien —se dijo la zarigüeya regresando los tótems al saquillo y, luego, a su marsupio—. Pero al menos ¿supongo que vamos a apostar?

—¿Apostar qué? —inquirió Wombat.

—La final del torneo, por supuesto. Se enfrentarán dos titanes de Tierra Negra. Supongo que vale la pena.

—Pues…

Y antes de que el dueño de casa respondiera, Rudis corrió hasta la barra con sus secuaces atrás, se paró sobre esta, y con voz firme anunció:

—¡Escuchen todos los presentes! ¡Les traigo un trato interesante!

El cuchicheo de la taberna cesó, y hasta el último antropomorfo, aunque estuviese cayéndose de ebrio, prestó oído a lo que Rudis diría:

—Mañana se celebra la final del torneo de Tierra Negra. ¡Pronto se sabrá quién será el bendecido por los dioses!

A pesar de que la gran mayoría de la taberna eran exiliados, les interesaba conocer el resultado del evento más importante de todos los tiempos. El evento donde se honraba el gran regalo de los dioses, la capacidad de transformar los cuerpos humanos en animales.

—Y qué mejor ¡si esto lo hacemos mucho más interesante con una apuesta!

Wombat se golpeó la cabeza con la mano. No entendía como los idiotas de aquel lugar le hacían caso en todo a Rudis, quien los había timado en más de una ocasión. Pero los presentes estallaron en vítores, ansiosos de colocar las monedas sobre la mesa.

—Los luchadores serán ¡Daan y Tigris, hagan sus apuestas!

Mientras los esbirros de Rudis recolectaban el dinero por montones, Alí, Daan, Numbat, Reik y Wombat, continuaron como si nada pasara vaciando velozmente el barril. Los guerreros les contaron de las cosas que pasaban en las tierras señoriales, tanto buenas como malas, siendo bastante objetivos.

Cerca del amanecer, cuando ya se habían bebido dos barriles, finalmente llegó Tigris. Venía totalmente ebrio, y al estar en la mesa, y querer tomar su lugar en la silla, se derrumbó en el piso.

—Vaya que acabó mal este muchacho —dijo Wombat quitándose la embriaguez al aspirar Hongo del espectro, un poderoso hongo que crece en la base de los árboles del bosque espectral y libera un aroma dulce que provoca alucinaciones y otros síntomas perjudiciales.

—Oh, sí… —murmuró Daan, entrecruzando los brazos por sobre la mesa para apoyar la cabeza.

—A ver, les daré a oler a todos esto para que despierten, ¡hace súper bien!

Uno por uno fue con el hongo, permitiéndoles que aspiraran aquella fragancia. El último en ser despertado fue Alí, que al momento de aspirar el aroma, tuvo una reacción diferente a la esperada.

Cuando el guerrero sintió la lucidez, advirtió que sobre la mesa se encontraba una mujer recostada. La miró de pies a cabeza, descubriendo que se trataba de Coral.

Ya no era una sirena, sino una mujer completa, y lo observaba con sus ojos rebosantes de sentimientos. A pesar de que aún era víctima del efecto de la poción niveladora de emociones, su corazón se le hinchó de gusto, y sin meditarlo demasiado se precipitó sobre ella.

Coral estaba totalmente desnuda, y al sentir las caricias de su amado respondió de la misma forma, fundiéndose en un apasionado beso. El sabor de la boca de su amada era tal cual lo recordaba, y se dejó arrastrar por aquel torrente de sensaciones. La recorrió con las manos tocándola con todo el deseo que lo embargaba en aquel espacio y tiempo.

—Cuánto tardaste, Alí —le dijo ella en un suave murmullo, rozándole con la punta de los dedos los labios.

—Lo lamento, Coral, solo esperaba poder regresar a ti, y aquí estoy.

Alí aceptó el abrazo de la mujer, retozando gustoso sobre sus blandos pechos. Su delicioso aroma y su calor lo atraparon, por lo que se precipitó sin resguardo al mayor de los placeres, ofreciéndose en cuerpo y alma a la doncella por la cual se desvivía.

# Capítulo 12

## Cicatrices

Alí se sintió suspendido en el espacio. Ya no había sensaciones, olores y demás, era como si estuviera muerto. La oscuridad reinaba, pero no se trataba de una oscuridad lúgubre; muy por el contrario, era una oscuridad acogedora que irradiaba paz.

No sentía el peso de su carne, ni siquiera una noción de existencia, y por más que se esforzaba por remover recuerdos de los recovecos de su mente, no encontró ni uno solo.

De un momento a otro todo cambió, y la oscuridad que le trataba como la más confiable de las nodrizas comenzó a apartarlo. Se encontró cayendo al abismo y las sensaciones llegaron a él, al tiempo que desgarraba el espacio con su grito.

Despertó súbitamente y distinguió la enternecedora mirada de un felino que permanecía sentado a su lado.

—Mi señor, Gor estaba preocupado. ¡Temía que no despertara!

—Estoy bien, Gor —dijo Alí, sentándose con cuidado.

—¡Eso pone muy contento a Gor, mi señor!

—Agradezco que te preocupes por mí, me duele horriblemente la cabeza.

—Después de la borrachera de anoche, es normal —comentó Reik que ingresaba al cuarto frotándose la sien—. Le pregunté a

Daan si conocía alguna infusión que nos hiciese bien, y me dijo que primero debíamos comer.

—Sabes, no recuerdo nada.

—Menos mal, créeme que después de lo que hiciste, yo también querría olvidar —indicó el escudero, ubicándose a los pies de la cama de su amigo—. ¡Alí, besuqueaste a Wombat!

—¿Qué? —se exaltó Alí—. ¿Hablas en serio?

—Hermano, él te dio a aspirar del hongo, ¡y lo agarraste!

El guerrero hundió el rostro en la almohada. No podía asimilar que se hubiera comportado así. Jamás se excedía al ingerir bebidas, ¿qué le había pasado esta vez?

Reik simuló los besos con Wombat, empleando el dorso de la mano; a continuación se dobló de la risa.

—Reik, no es gracioso —lo increpó el guerrero.

—Tranquilo, mi amigo, sabes bien que estas cosas solo quedan entre nosotros.

"Por lo mismo me asusta" se dijo entre dientes Alí, al recordar todas las veces que Reik contó cosas que no debía.

—Bueno, son cosas que pasan —acabó diciendo el escudero, incorporándose—. Ya, prepárate para que vayamos a comer, Nina tiene lista la comida.

Reik volvió a salir del cuarto, y Alí clavó su mirada en Gor.

—¿Sucede algo, mi señor?

El guerrero no respondió, y luchando por comprender el dilema al que se enfrentaba, le tocó la mano a la criaturilla. Gor entornó los ojos, desconcertado con esta acción.

—Mi señor, Gor no entiende nada.

—Gor, ¿Reik no te vio?

—No, mi señor. Solo los humanos mágicos pueden ver a las criaturas mágicas, y el hombre negro no lo es.

—Yo tampoco soy un hombre que tenga magia corriendo por las venas, sin embargo te veo, ¿por qué?

—Mi señor sí es un ser mágico, sólo que aún no lo descubre.

—¿Hablas en serio, Gor?

El Gaoru asintió.

Alí se detuvo a meditar en esto, puesto que era algo que jamás quiso imaginar.

—Sorprendente… ¡yo, un ser mágico!

—Así es, mi señor. En estos tiempos, son muchos los humanos que nacen con poder mágico, y muy pocos quienes lo adquieren en el camino.

—Y si esto fuera verdad, ¿cómo puedo aprender a usarlo? —inquirió Alí, esperando que todo fuese una jugarreta de la criatura.

—Con práctica, mi señor.

—Dime algo que no sepa, por favor, es obvio que todo se adquiere con práctica.

—No es tan obvio, mi señor. Su escudero, por más que se esmere en aprender los secretos de la magia, no podrá.

—Mmm... De acuerdo, será mejor que vayamos a comer —dijo finalmente Alí, bajando de la cama para vestirse.

Gor alzó la mano con el brazalete, y antes de que Alí pudiese tomar la primera prenda, se disparó un destello. El hombre se quedó de mármol cuando la ropa se le ciñó sin dejar ni un solo detalle desordenado. ¡Hasta las anillas de la almilla quedaron atadas!

—Todo listo, mi señor.

—¿Qué se supone que acabas de hacer, Gor?

—Gor lo ayudó, mi señor —respondió el animal, frotando los rubís del brazalete.

—Y yo creía que la magia solo servía para defenderse o hacer el mal.

—Esa, mi señor, es la magia podrida.

—Sí... —meditó el comentario Alí—. Daan me mencionó algo de eso.

—Los animales mágicos y todos los miembros de Tierra Negra practicamos la verdadera magia, mi señor; siguen el legado que nos dejaron los altísimos.

—Entiendo... Bueno. Como no pueden verte, acompáñame —le dijo el guerrero, señalándole el hombro izquierdo.

—¡Gracias, mi señor! ¡Gracias por no dejar de lado al viejo Gor!

—Sí, ven, vamos.

Gor de un salto quedó sobre el hombro de Alí, y como era la primera vez que conocía a un humano tan familiar aparte de Job, se vio obligado a secarse las lágrimas que le cayeron de los ojos.

Generalmente los brujos no los trataban con tanto afecto: la costumbre era un lazo de siervo y amo, o guardián y protegido, pero nunca uno de compañero.

Tal como se esperaba, Gor pasó casi desapercibido con excepción de Daan, que al advertir la presencia del Gaoru le dedicó una sonrisa. A Gor esto no le incomodó, y le correspondió.

Luego de comer, Alí se ajustó el caftán gris y salió a caminar por los alrededores; procuró no alejarse demasiado, ya que no era conocido entre la gente de Tierra Negra y verlo deambular por ahí podría interpretarse como si estuviera husmeando. Gor lo acompañó, aunque en esta oportunidad no sentado en el hombro, sino oculto en el bolsillo.

Se detuvo, asegurándose de que el pozo aún fuera visible, y cuando se preparaba para sentarse un momento en la prominente raíz de uno de los ancestrales árboles, reconoció a un hombre a la distancia. Junto al camino que llevaba a la arena, estaba Tigris platicando acaloradamente con un extraño encapuchado. Por la expresión del antropomorfo no resultaba muy agradable lo que discutían, si hasta apretaba de vez en cuanto los puños.

Gor se asomó aferrándose con sus manitos de la costura, y al clavar sus pupilas en el extraño, anunció con voz seria:

—Ese hombre, mi señor, es un nigromante.

—Tenía entendido que todos aquí son nigromantes, ¿o me equivoco? —inquirió desconcertado Alí.

Gor lo miró, y en el rostro felino distinguió peligro.

—Mi señor, todos aquí son hechiceros, muy pocos practican la nigromancia. Pero este nigromante huele a magia podrida. ¡Hasta su aura es oscura!

—Brujos, hechiceros y nigromantes… pensé que todos eran lo mismo.

—No, mi señor. Los brujos son los manipuladores de la magia natural; los hechiceros son manipuladores de la magia con uso de compuestos, transmisores y amplificadores; y por último la nigromancia es la habilidad de reanimar a los muertos.

Alí tragó saliva. Tantas cosas que desconocía envueltas en el tema de la magia. ¡Con gran suerte sabía del uso de la espada! Sin embargo, en compañía de Gor, le aguardaba un largo camino de aprendizaje.

—Entonces ese hombre es un nigromante, ¿verdad?

—Sí, mi señor; y uno bastante maligno.

—¿Hablas en serio, Gor?

El Gaoru asintió.

Alí volvió a mirar a los hombres, y solo encontró a Tigris que se alejaba. Del extraño encapuchado no había rastro alguno. Se puso de pie, y cuando quiso regresar a la cabaña a contarle todo a Daan, un destello azulado lo impactó en el pecho, arrojándolo de espalda.

El extraño estaba de pie a menos de veinte metros, y Gor, que no vio venir este ataque, salió del bolsillo de Alí y volvió a su estatura original. El sujeto blandió una vara de cristal y la cargó de energía. Gor, que no se quedaba atrás, elevó las dos manos formando un campo de fuerza plateada alrededor de Alí y él mismo a fin de que pudieran protegerse.

—¿Creíste que escaparías de mí, Alí? —preguntó el agresor, quitándose la capucha que le mantenía el rostro oculto.

El guerrero se incorporó. Al descubrir que su atacante no era otro que Baltasar le sobrevino una gran culpa. Si no hubiera sido por su debilidad nada de esto estaría pasando, y la esencia espiritual de Coral no yacería encerrada en un homúnculo ni, mucho menos, habría salido de Terra a buscar a un brujo cuya identidad actual se desconocía.

—¿Cómo me encontraste?

—Alí, todos los hechiceros conocemos Tierra Negra puesto que aquí está nuestra cuna.

—¿Qué quieres? —le soltó el guerrero.

—Concretar nuestro trato —respondió Baltasar, entornando los ojos—. Mira que la última vez Job interrumpió todo. Pero ahora él no está aquí, y no tienes nada para protegerte.

—¡No permitiré que toque a mi señor! —profirió Gor, expulsando una andanada de energía en contra del enemigo.

Baltasar bloqueó con la varita el ataque de Gor y el choque de las energías generó una gran explosión.

—Ya veo… —se mofó Baltasar bajando la guardia—. Job no te dejó solo. ¡Mandó a este ser miserable a cuidarte!

—¡Gor no es un ser miserable! —espetó Alí, odiando haber dejado la espada en el cuarto.

—Esto no se quedará así, Alí; muy pronto tendrás noticias mías, y créeme, no serán agradables.

Dicho esto, Baltasar se desvaneció entre destellos dorados. Su maligna risa continuó por unos segundos y se fue esfumando paulatinamente.

Ahora un interrogante atenazaba al guerrero: ¿Qué habría hablado Baltasar con Tigris? Era de suma importancia informar a Daan, pero eso implicaría revelar los detalles de la misión. ¡El brujo los podría catalogar de enemigos! realmente se hallaba entre la espada y la pared.

# Capítulo 13

## Rivales

Reik ayudaba a Nina en la estancia, por lo que Alí aprovechó para ir corriendo a buscar a Daan que, suponía, estaba en su cuarto. Al llegar vio que tenía la puerta abierta, y al brujo sentado sobre su lecho con la mirada perdida en la ventana.

Alí asomó la cabeza y trató de captar la atención del hombre:

—¿Daan?

El brujo se volteó en silencio y los miró a ambos.

Alí sintió que esta era su oportunidad de explicar lo que quería revelarle, y no lo desaprovecharía.

—Daan, ¿Puedes ver a Gor?

—Por supuesto, muchacho —respondió Daan poniéndose de pie y caminando hasta el guerrero para acariciar a la criatura entre las orejas—. Los Gaoru son animales maravillosos, y es un verdadero privilegio tener a uno como guardián. Lo que me sorprende es que tú puedas verlo. Se supone que los animales mágicos solo pueden verlos otros seres mágicos cuyo poder haya sido despertado por completo. La mayor parte de los antropomorfos usan solamente parte de su poder para tomar la forma de su tótem, pero no para manipular la magia que se encuentra en los elementos de la naturaleza.

—Según sé —continuó el brujo—, ustedes son guerreros ordinarios, por lo que no deberían ser capaces de ver a estas criaturas. Es más, aquellos cuyo poder no está completamente despierto solo advierten sombras al tenerlas cerca.

—Hablando con sinceridad, estoy tan sorprendido como tú. Ayer, antes de ir a la batalla que te correspondía, me encontré con Gor. Hasta entonces desconocía que tuviera la capacidad de ver a los animales mágicos.

—Suele ocurrir —dijo Daan volviendo a tomar asiento en el lecho—. Ven, pasa; me parece que esta será una conversación larga e interesante.

Alí entró cerrando la puerta tras de sí y se ubicó en un taburete  frente al brujo. La habitación resultaba sencilla; tenía una cama pequeña y un mesón bajo a los pies de la misma, donde mantenía la ropa doblada. Junto a la ventana se apreciaba un bellísimo cuadro que representaba las faldas de una montaña con el verde del bosque acompañando su grandeza. Aquella representación era tan buena, que el guerrero creía que en cualquier momento vería a los animales pasearse por allí.

—El tema de la magia es tan complicado, Alí; en ocasiones personas que jamás han conocido de compuestos nacen con dotes de hechicería, pero como a lo largo de sus vidas no las despiertan, mueren ignorantes respecto de sus habilidades.

—¿Quiere decir que yo puedo despertar mi poder mágico?

Daan asintió.

—Mi señor, Gor lo ayudará —dijo el pequeño, bajando de un salto a las piernas del guerrero.

—Eso sería magnífico —afirmó Daan—. No existe una mejor oportunidad de aprender que con la tutela de un animal mágico. Alí, aprovecha la oportunidad.

—Lo haré —asintió Alí, acariciando el lomo del Gaoru—. Aunque hay algo más de lo que tenemos que hablar.

—Bueno… adelante, yo escucho.

—Desde que nos encontramos en el bosque, no hemos tenido tiempo de hablar de las razones que nos trajeron hasta aquí, y espero que no sea tarde.

—Vamos, muchacho, desembucha eso que traes —indicó Daan observando a Gor que se quedaba dormido en las piernas de Alí—, me estás inquietando.

—Bueno, hace cuatro días, por los acontecimientos desafortunados del destino, perdí a mi amada —comenzó Alí, cerrando los ojos—. Fue algo realmente extraño. Ese día volvía de mi última misión en  las tierras señoriales de Glaciar y anhelaba estrecharla en mis brazos. Llovía a raudales, sin embargo esto no me detuvo si no que fui a su encuentro; pero al llegar a la playa, justo en el mismo punto donde nos encontrábamos día a día bajo el atardecer, me encontré con la peor escena: Coral yacía moribunda en la arena empapada, y a mi espalda había un dragón negro que era el que le había dado muerte.

Alí hizo ademán de llevarse la manga del caftán a sus ojos, como si quisiera secarse las lágrimas que nunca cayeron: el efecto de la poción niveladora de emociones seguía activo evitándole el dolor.

—Sé que suena extraño ya que los dragones jamás bajan a las zonas costeras, pero estoy seguro de lo que vi. Era un ejemplar negro adulto, de cuyas fauces chorreaba sangre.

—No pongo en duda lo que viste, Alí. Pero no entiendo qué tiene que ver la pérdida de tu amada con tu misión lejos de Terra.

—No sé si realmente tengan alguna relación, Daan —dijo el guerrero abriendo los ojos luego de pensarlo un poco—. Solo son los hechos que rodean su muerte y que aún me atormentan, a pesar de estar bajo la influencia de la poción niveladora.

Daan asintió apesadumbrado y azorado por el dolor. Varios años atrás tuvo que experimentar una pérdida; no como la del joven caballero, pero sí de alguien que partió de Tierra Negra para no volver. Por esto era que el brujo tenía una noción bastante acertada del vacío que Alí estaba viviendo.

—A causa de mi debilidad, caí con las promesas de un nigromante, y ahora la esencia espiritual de Coral se halla atrapada en un homúnculo.

—Por los dioses… —soltó en un hilillo de voz el brujo—. ¿Hicieron el ritual de resurrección? ¿Fuiste partícipe de una práctica penada en las seis tierras señoriales?

Alí asintió afligido. Conocía lo que le esperaba a las personas involucradas en ese tipo de prácticas, y no le orgullecía para nada.

—Antes de que el trato se concretara —continuó relatando Alí. —Apareció Job, y usando la poción niveladora de emociones me hizo regresar a la realidad. A continuación me entregó una misión que consiste en buscar a un hechicero amigo de él, que vive aquí en Tierra negra, y llevarlo conmigo a Terra.

La expresión de Daan se tornó sombría, casi como si conociera bien de cerca todo aquello. Alí se inquietó, dudando si había hecho lo correcto o no, aunque ya no había marcha atrás. El brujo desvió la mirada, y el guerrero sin querer quedarse con la inquietud preguntó:

—¿Sucede algo, Daan?

—¿Job te dijo el nombre de ese hechicero?

—No…

Daan se puso de pie quedando frente a la ventana.

—¿Daan? —insistió Alí.

—Creí que jamás volvería a tener noticias del mundo exterior —murmuró el brujo al tiempo que se daba media vuelta—. El hombre del cual me hablas ¿se llama Job de Isla Tromba?

El caballero asintió.

—Eso significa que el hombre que buscas es Ereck de Isla Tromba.

Alí se quedó boquiabierto con la afirmación del brujo. Creía que demoraría mucho más tiempo en concluir su misión, pero si Daan conocía ciertas partes de ella significaba que algo lo vinculaba, o bien, él podría ser el hombre que buscaba.

—¿Eres Ereck? —preguntó Alí queriendo acortar aún más su misión.

El brujo mantuvo el silencio, y tras un minuto de angustiante interrogante, respondió:

—No, pero lo conocí. Llegó aquí hace varios años atrás, y el tiempo se encargó de que dejara este mundo.

¡Estaba perdido! Ya no existía esperanza alguna para Alí, ¡Ereck estaba muerto!

—Siempre mantuvo a Job en su mente, en especial la promesa que le hizo.

—¿La promesa? —Se mostró desconcertado Alí—. Job no me habló de ninguna promesa.

—La promesa de regresar. Se suponía que Job emprendería un viaje a las tierras señoriales para aprender las técnicas de curandero que empleaban los humanos ordinarios, y que dentro de tres años regresaría. Nunca regresó. Ereck lo aguardó día tras día, pero la soledad y la enfermedad terminaron por destruirlo.

Una lágrima rodó por la mejilla de Daan, y por primera vez Alí quiso volver a sentir y ser capaz de compartir el dolor que atenazaba a  este hombre.

—Lo siento mucho —musitó Alí, apretando los puños por causa de la impotencia—. No quise…

—Tranquilo —lo interrumpió Daan, enjugándose los ojos con el dorso de la mano—. Son cuestiones de la vida.

Alí bajó la cabeza, furioso consigo mismo por no tener palabras para consolarle.

—Te ayudaré.

—¿Qué? —se exaltó el guerrero, sorprendido por el cambio rotundo del brujo.

—Así es, te ayudaré. Ereck ya no está aquí, pero yo puedo concretar los pasos del ritual para liberar la esencia de Coral.

—¿Hablas en serio?

Daan asintió, esforzándose por dibujar una sonrisa.

—¡Vamos, Alí! Entraron a Tierra Negra como siervos míos para acompañarme en el torneo. ¡Es lo mínimo que puedo hacer por ustedes!

—Bueno, yo… —balbuceó Alí, azorado por el giro de los hechos.

—No tienes que preocuparte de nada. Terminaremos el torneo, me das uno o dos días para recuperarme, y emprendemos esta odisea, ¿te parece?

Cada palabra se le quedó atrapada al guerrero en la garganta, y solo pudo asentir, conforme con el resultado. Si Daan los acompañaba, no solo el tiempo de viaje se acortaría, también sería mucho más agradable.

Al caer la tarde se presentaron en la arena. El último combate se llevaría a cabo ese día, y Daan requería el mayor apoyo posible.

Mientras Garrod pronunciaba el discurso de apertura para el evento, cuatro soldados de su guardia personal se encargaban de ajustarle los grilletes a los contendientes. El brujo quiso saludar a Tigris, no obstante apreció que el hombre tenía la vista ida, como si su mente se hallara lejos del campo de batalla.

—¿Tigris? ¿Te encuentras bien?

Su amigo no respondió.

—¿Tigris?

—¡No me hables! —espetó Tigris, furioso—. No quiero que me dirijas la palabra.

—Pero…

—¿Acaso no entiendes? —lo increpó el antropomorfo—. No quiero escucharte.

—¿Qué sucede, amigo? Hablemos del tema.

—Sucede, amigo —comenzó diciendo Tigris sarcásticamente—. Que traicionaste a nuestra raza ¡y eso jamás te lo perdonaré!

—¿Traicionar a nuestra raza? ¿Pero de qué estás hablando? Sabes bien que jamás se me pasaría por la cabeza hacer algo así.

—¡No mientas! Ya sé que esos dos hombres que te acompañan buscan los cuatro tesoros de los dioses, ¡y quieren robar el que guarda nuestro señor!

Lo que decía Tigris plantaba ciertas dudas en Daan, y lo que menos deseaba era fallarle a su gente. Pero ninguno de los dos hombres había hecho mención de los tesoros. ¿Sería algún invento de alguien más?

—Tigris, estás acusando a mis invitados de algo realmente grave.

¿Eres consciente de ello?

—Daan, ¡por favor! Abre los ojos. ¿Por qué no quieres darte cuenta?

Daan meditó si revelar lo que sabía sobre Alí y Reik, pero lo frenó la lealtad que sentía hacia el guerrero. Además, si un Gaoru lo cuidaba, Alí no podía tener malas intenciones. La única interrogante era ¿Quién le dijo del robo de los tesoros a Tigris?

—Si realmente eres mi amigo —continuó diciendo Tigris—, me escucharás y los llevarás ante nuestro señor para que los castiguen.

—Claro que no, Tigris; no los llevaré para que los encierren. Tienes que confiar en mí, ellos no buscan los tesoros.

—Entonces, ¿cómo explicas su extraña presencia en Tierra Negra?

—Yo los traje. Fueron atacados por bárbaros en las cercanías, los rescaté y los invité al torneo.

—¡Eres cómplice de estos extraños! Nunca lo esperé de ti, Daan.

—¡No seas idiota! —lo interrumpió el brujo—. Ellos están en otro tipo de búsqueda, no están interesados en los tesoros.

—Entonces dime: ¿qué buscan?

Daan guardó silencio. Si le decía podría hacer que su amigo entrara en razón. ¿Pero si Alí no le quería confiar el secreto a nadie más? Se hallaba entre la espada y la pared.

—¿Lo ves? ¡Eres cómplice de ellos!

—No seas testarudo, Tigris.

—¡No! Tú no seas testarudo. ¡Te están engañando ante tus narices y no quieres darte cuenta!

—Es inútil…

—¡Claro que es inútil! Pero descuida, que en esta batalla te haré entender —cerró la conversación Tigris, apretando los puños y desviando la mirada.

Garrod dio la señal de inicio del combate, y desde la parte superior de las gradas observaban Alí, Nina y Reik, que los apoyaban y animaban a ambos. Abajo, Rudis hacía su entrada escoltado por sus cuatro secuaces; el rufián venía a cuidar sus intereses y a cobrar los últimos dineros de la apuesta. Esta idea había sido de las más grandes, puesto que en su vida había cargado con tantos dracos de oro y plata; lo lamentable era que la mayoría apostaba por la victoria de Tigris, y una cantidad reducida por Daan. Aunque por otro lado, si el tejón llegaba a patear el trasero del tigre, que era improbable según los idiotas metidos en el juego, se volvería asquerosamente rico.

La lucha se mostró intensa desde el primer momento. Ambos rompieron sus ataduras al mismo tiempo e iniciaron el combate con un feroz intercambio de golpes, cada uno más devastador que el otro. Al poco tiempo se manifestaron moretones de cuidado, y antes de los cinco minutos, los dos sangraban por la nariz y la boca.

Esto llamó mucho la atención de Alí y Reik debido a que no se esperaban un enfrentamiento tan encarnizado. Tenían presente que darían lo mejor de sí, pero no que se destrozarían camino a la victoria.

Daan pateó el muslo derecho de su rival y lo desestabilizó; cuando Tigris se agachó para recuperar el equilibrio, lo tumbó de espaldas de un brutal puñetazo en la sien. Tigris giró sobre su espalda y se incorporó algo apartado de su enemigo y, al ver su ventaja, aprovechó de ir por una espada.

—Tigris, escucha razones, por favor.

—¡Silencio! —lo acalló Tigris, arrojándole una espada a los pies—. Será mejor que te preocupes de darme batalla, o te aniquilaré.

—Si no existe otra forma —dijo Daan recogiendo el acero—. Te derrotaré y te obligaré a escucharme.

Tigris sonrió confiado de su habilidad y arremetió a gran velocidad. Avanzó impartiendo certeros mandobles que Daan encontró difíciles de detener. Izquierda, derecha, izquierda, derecha; corte tras corte, ambos buscaban una brecha por donde ingresar y desarmar al otro.

La diferencia de fuerza entre ambos era más que visible. Tigris, apoyado por la potencia de sus fornidos músculos, estremecía los miembros de su rival con cada mandoble. Por otro lado, Daan únicamente se servía de su astucia y velocidad para repeler las estocadas de Tigris y por lo mismo, en poco tiempo sintió las punzadas del desgaste físico.

Tras una alta estocada se quedaron forcejeando sin ceder un solo instante, cada uno con un pie atrás del otro, las espadas entrecruzadas y el metal rechinando a cada roce.

Las hojas cortaron el aire encontrándose una, dos, tres veces; cada golpe se distanciaba del otro por menos de un segundo. Los ataques estaban enfocados en reducir al contrario por lo que ninguno se podía relajar, ya que descuidarse siquiera un instante significaría un profundo corte que tal vez lo privaría de seguir combatiendo.

Como en los ojos de Tigris se advertía un aire asesino, Daan se prestó a servirse de todas las artimañas habidas y por haber. Sabía que Tigris solo lo escucharía si mordía el polvo: el espíritu del tigre que habitaba en su interior lo hacía ser un hombre muy decidido. Embistió de frente por el costado derecho, y tras lanzar la estocada sintió el impacto metálico de las espadas que de nuevo se encontraban. Pateó la rodilla izquierda de su amigo y se abrió la brecha esperada.

Lo golpeó con el pomo de su espada en la barbilla y lo remató con el hombro, así el guerrero cayó de espalda al suelo.

—Necesito que me escuches —lo abordó Daan aplastándole la espada con el pie derecho—. No sé quién te fue con cuentos, pero no permitiré que te pierdas en mentiras.

Tigris ignoró a su amigo; en su lugar se arrojó hacia él dirigiendo las manos a su cuello. Daan lo paró con la parte plana de la hoja, pero no imaginó que Tigris se transformaría, por lo que Cedió ante el peso del gigantesco tigre blanco. El brujo azotó la espalda contra la arena, pero mucho antes de que las fauces de la bestia se cerrarán en el cuello del caído, este lo apartó utilizando el poder de la magia. El felino salió despedido por los aires, pasando por sobre la pira a estrellarse con estrépito del otro lado de la misma.

—Esto se está saliendo de control —dijo para sí mismo Alí, apretando los puños.

Nina permanecía tranquila. Confiaba plenamente en la habilidad de Daan, por lo que ignoraba por completo el peligro al que hacía frente.

—¡Que sucio de tu parte, Daan! —exclamó Tigris, colocándose de pie—. No vi venir el golpe mágico.

—Usaré todo lo que esté a mi alcance para que me escuches. Así que, ¡prepárate!

Daan se transformó en tejón y corrió como un rayo hacia su contendiente. Al tenerlo a menos de dos metros se alzó sobre las patas traseras amenazando despedazar a Tigris con sus afiladas garras. Este le salió al encuentro, contraatacando con las voluminosas patas delanteras que desenfundaron las garras.

Al visualizar los primeros cortes en ambos competidores, Alí no toleró más la situación, por lo que bajó las gradas corriendo y chocando con Rudis en el camino.

La zarigüeya se sintió conforme con el muchacho, y aferrándolo del brazo dijo:

—Mi amigo, ¿ahora has decidido a apostar?

El guerrero apartó al estafador de un empellón con lo que se abrió camino hasta las bestias. Al llegar a ellas trató de llamar su atención:

—¿Qué se supone que están haciendo? ¡Ustedes son amigos, no se pueden destruir!

Con los cuerpos sangrantes, Daan y Tigris se tomaron un respiro.

—¡Tigris, si esto lo estás haciendo por lo que te dijo Baltasar, te estás equivocando!

Esto caló profundo en la conciencia del tigre: ¿cómo sabía aquel chiquillo de su conversación con el hechicero? ¿Lo habría estado espiando?

—No sé qué hablaste con él —continuó Alí—. Pero si le prestaste oído ¡eres uno de los idiotas más grandes!

El público se silenció, conmocionado por la repentina intervención de este hombre. Por otro lado, la mente de Tigris se había vuelto una feroz tormenta: ¿qué debía creer? Miró como brotaba la sangre de las heridas abiertas del tejón causadas por sus garras. Enfrentaba a su amigo, ¡y atacó a matar! ¿Las palabras de aquel extraño tenían más peso que las de su amigo? Además, si Daan confiaba en Alí y Reik, no era por simple casualidad. Apretó los párpados, incapaz de mirar a su camarada a la cara.

—Veo que finalmente recapacitas —musitó Daan, aproximándose.

—Lo siento, compañero —respondió Tigris arrepentido.

—Ya habrá tiempo para conversar, ahora brindémosle a los dioses la victoria que se merecen.

Tigris asintió.

Las bestias volvieron al choque tensando los músculos, aunque esta vez no tras la vida del otro.

El tigre blanco se incorporó en sus cuartos traseros, pero antes de que sus agudas garras se hincaran en el lomo del tejón, Daan lo embistió con la cabeza golpeándolo en el centro del abdomen. El felino se encogió de dolor, y debilitado por la sangre derramada, se precipitó de costado para no levantarse más.

Daan regresó a su forma humana, y el público prorrumpió en vítores.

Alí respiró aliviado, todo se había arreglado. Sin embargo, al girarse hacia las gradas, se encontró con Baltasar observándolo fijamente desde el punto más alto de la tribuna. Seguramente, con ayuda de la magia, resultaba invisible para las personas presentes. Quiso subir a encararlo; no obstante, al colocar el primer pie en las gradas, el nigromante se desvaneció entre destellos dorados.

Gor asomó la cabeza dirigiendo las pupilas al punto en donde un segundo antes estuvo Baltasar.

—Mi señor, la energía oscura que rodea a ese hombre es impresionante. asusta a Gor.

—Lo sé, Gor, lo sé... —murmuró Alí, consciente de que el hechicero no se detendría hasta conseguir lo que anhelaba.

# Capítulo 14

## El regreso a la taberna de Wombat

Luego de recibir su galardón de manos de Garrod, Daan llevó a Tigris hasta su cabaña y con ayuda de Alí lo metió en la cama. Cada uno de sus cortes, tanto profundos como superficiales, se los había infligido él con las garras de tejón, por lo que sentía que sanarlo era lo mínimo que podía hacer por el tigre. Este último, pese a estar cubierto de ungüentos para el dolor, gimoteaba a causa de sus heridas.

—Háganme espacio, por favor —indicó Daan al tiempo que colocaba las palmas sobre el pecho de Tigris, pero sin llegar a tocarlo.

Alí y Reik retrocedieron quedando con las espaldas pegadas al muro. Entonces el brujo concentró la energía mágica en sus manos, transfiriéndola al herido como fuerza mágica plateada.

Gor, que quería ver lo que pasaba, salió del bolsillo del guerrero y se sentó entre los dos hombres.

—Mi señor, ¡está usando la magia para sanarlo! —dijo a Alí sin poder despegar la mirada del aura plateada que rodeaba a Daan.

La magia abrazó los cortes y los fue haciendo desaparecer, regenerando el tejido lentamente. Tras veinte minutos el cuerpo de Daan temblaba, pero de las heridas más profundas de Tigris únicamente quedaban leves rasguños. Cuando la energía lo abandonó, se derrumbó sobre el cuerpo de su camarada quién lo aferró antes de que se desplomara.

—Daan, lo siento —le susurró Tigris al oído—. Jamás sospeché que pudiera ser una trampa.

—Descuida. Como tigre de corazón, eres fiel a lo que piensas.

Gor, que no soportó quedarse de brazos cruzados, de un salto se ciñó a la espalda del brujo, y apoyando las manos a la altura del corazón, le traspasó parte de su energía vital. En menos de un minuto Daan ya se pudo incorporar, y mirando a los ojos a su gran amigo dijo:

—¡Me debes las rondas en la taberna!

—¿Qué? —inquirió Tigris abriendo desmesuradamente los ojos—. Tú venciste, ¡tienes el dinero del torneo!

Mientras los antropomorfos discutían, Alí y Reik se miraron compartiendo una gran sonrisa. Lo peor ya había pasado, y hasta que Baltasar intentara alguna otra cosa, podían dejar las preocupaciones a un lado y celebrar.

—Mi señor, es muy curiosa la manera que tienen los humanos de mostrarse cariño —comentó Gor al ver que ahora Daan y Tigris jugaban a las luchas sobre la cama.

Alí se limitó a dar una cabezada, ya que si le decía algo al animalito, su escudero lo tomaría por loco.

—Gor no quiere que mi señor lo quiera tanto…

El guerrero le hizo un gesto para que se subiera a su hombro, y una vez allí le regaló suaves caricias en la cabeza.

Todo fue felicidad, hasta que el armazón de madera del lecho se rompió y Daan y Tigris dieron tumbos por el suelo.

Bien entrada la noche, los antropomorfos cargaron a Alí y Reik en sus lomos, y los trasladaron por segunda vez a la taberna de Wombat. Tal como en la primera ocasión, ambos se derrumbaron mareados al suelo.

—No están acostumbrados aún a viajar a toda velocidad —comentó Daan, arreglándose el caftán.

—Así parece —dijo Alí, luchando por incorporarse.

—¡No perdamos más tiempo aquí afuera! —profirió Tigris—. Rudis nos está debiendo muchos servicios, ¡se tiene que haber hecho asquerosamente rico con nuestra pelea!

—De eso que no te quepan dudas, Tigris.

—¡Por lo mismo, Daan! Quiero cobrar mi parte.

Se adentraron en la cueva, y en esta oportunidad Tigris resolvió el acertijo.

Cuando los guardianes abrieron la puerta gigantesca, se encontraron con una cantidad considerable de personas que al ver a los dos antropomorfos se pusieron de pie aplaudiendo. La batalla había sido una de las más impresionantes, y como en ella combatían dos grandes amigos, se le atribuía mucho más valor.

Rudis corrió hasta ello y los guio a la mesa principal donde las jarras con cerveza ya estaban servidas. Cuando estuvieron cómodos se les acercaron dos sujetos; uno era el hombre negro que había peleado contra Daan, y el otro, un joven blanco de cabellera gris y larga.

Daan y Tigris se pusieron de pie, mirando fijamente a estos hombres.

—Bron, Darius, por favor, vengan a compartir una copa con nosotros —los recibió afectivamente Tigris.

—Sí, como dice mi amigo, tomen lugar.

Tras hacer una reverencia, los hombres se sentaron al frente.

—La pelea estuvo increíble, los felicito —dijo Darius empujándose los cabellos por detrás de las orejas—. Me prepararé mejor para el próximo año.

—¡Hermano, me diste peso! —exclamó Tigris, empujando una jarra con cerveza hacia Darius.

—Pero fueron mucho más poderosos ustedes —acotó Bron, acariciándose los hinchados músculos de los brazos.

—Vamos, Bron, estuve a poco de perder contigo —lo trató de animar Daan.

—¡Chicos, chicos! —Se hizo notar Rudis y agregó algo nervioso—: Los cuatro se comportaron como lo que son, ¡guerreros predilectos de los dioses! Es por esto que hoy tendrán cerveza y mujeres ¡sin costo alguno!

La zarigüeya le hizo un gesto a uno de sus secuaces que se hallaba apostado junto a la puerta que conducía a las hembras, y en menos de dos minutos, llegaron los cuatro mapaches acompañados por cuatro conejitas, dos gacelas, tres siervitas, una tigresa y una pantera. Tigris fue el más feliz del grupo, que metió las manos entre las piernas de las conejitas más cercanas.

—¿Con lo tacaño que eres, Rudis, ofreces todo así como así? —le murmuró al oído Daan al pillo, sin convencerse de su repentina generosidad.

—Con todo lo que me hicieron ganar es lo mínimo que puedo hacer —respondió la zarigüeya sonriendo y mirando a su alrededor—. Además, la mayor parte de las apuestas estuvieron por Tigris, y como venciste tú...

—Pequeña sanguijuela...

—Amigo, solo preocúpate de disfrutar —le dijo finalmente Rudis, cerrando así la conversación—. Iré por Numbat y Wombat.

Mientras Tigris se revolcaba junto a la mesa con las conejitas, y Bron lo seguía muy de cerca con las siervas, Darius fijó su atención en Alí y Reik. No los observó inquisidoramente, pero si con curiosidad.

—Ustedes no son de Tierra Negra, ¿verdad?

—No —contestó Alí—. Venimos de Terra.

—Ya veo —se dijo Darius, dando un trago—. ¿Y qué los trajo hasta este rincón del mundo?

Alí le dedicó una mirada de soslayo a Daan. Tarde o temprano tendría que revelar las verdaderas intenciones de ellos allí, y quizás esta era la oportunidad.

—Buscan a Ereck —se apresuró a responder Daan.

La expresión de Darius tardó solo una fracción de segundo en pasar de la sorpresa a la preocupación, como si Ereck guardase más de algún secreto en aquella zona. Sin embargo, el antropomorfo se aclaró la garganta y luego de acabarse la jarra de un trago vociferó:

—¡Traigan el siguiente barril!

Alí quiso preguntar algo, pero llegaron Wombat y Numbat...; esto sí que fue un impacto para el guerrero, ya que después de lo que le había dicho Reik no le hacía gracia encontrarse nuevamente con el tabernero.

Se quedaron mirando fijamente, ignorando a cada uno de los presentes como si el tiempo se hubiese detenido y ellos dos fueran eternos rivales.

—¿No pasó nada? —preguntó Wombat, empleando un tono de voz que para el resto fue inaudible, y que el joven tuvo que descifrar leyéndole los labios.

—No, nada —respondió Alí clavándose las uñas en las palmas.

—Perfecto. ¡Numbat! ¿Cómo puede ser esto? ¡Tienes a mis amigos sin cerveza!

—¡Sale otro barril, al instante! —profirió Numbat, pasando por detrás de la pantera.

La felina entornó los ojos al sentir las manos de Numbat en su trasero, y comenzó a jadear cuando los dedos se fueron abriendo paso hacia la entrepierna. Para asegurar su presa para después, el anfitrión sacó su larga lengua y se la frotó en el hocico.

—¡Pero cuéntenme! —exclamó Wombat, ansioso—. ¿Cómo estuvo ese cierre del torneo? Ustedes bien saben que no puedo asomar la nariz en Tierra Negra ¡o me despellejan vivo!

Daan se encogió de hombros, señalando con un gesto a Alí y Reik.

—Los espectadores... —dijo con voz maliciosa Wombat—. A ver, ¡a ver! ¡Cuenten todo con detalles!

Los guerreros, pese a sentirse fuera de sitio entre tantos antropomorfos, narraron paso a paso la pelea omitiendo el conflicto principal que estuvo a poco de matar a Daan y Tigris. Luego, Numbat terminó la conversación al depositar el barril junto a la mesa. Acto seguido, apartó a Wombat a un lado.

—¿Qué sucede, Numbat?

—Hay problemas en la bodega... ¡Alimañas! No entraban desde el invierno pasado.

Wombat frunció el ceño, y de mala gana se dirigió al grupo:

—¡Chicos, préstenme atención un momento! Con Numbat tenemos que resolver un asunto, por lo que nos ausentaremos durante un par de minutos. Eso no quita que la sigan pasando bien, así que, ¡beban hasta quedar tirados!

—Mientras no hayan más hongos alucinógenos...—se dijo Alí para sí.

En el preciso instante que Numbat y Wombat se perdían tras la puerta que conducía a la bodega, un grupo de seis hombres que no lucían muy amigables ingresaron a la taberna. Cruzaron a largas zancadas la sala hasta apostarse junto a la mesa donde se hallaban celebrando Daan y el resto. A juzgar por su vestimenta, dañadas cotas de mayas, ropajes de pieles y botas de batalla, parecían ser bárbaros.

El que suponían era el cabecilla, un tipo moreno, alto, de abultados brazos y piernas, fulminó con la mirada a Rudis y con voz gruesa anunció:

—¡Rudis, vengo por mi dinero!

Con esto, hasta Tigris dejó de jugar con las conejitas... olía a pelea.

—Mi buen Brand —respondió Rudis inquieto—. Puedes preguntarle a cualquiera de los presentes, y verás que no te engañé con el resultado.

El puño del sujeto estremeció la mesa.

—¿Me crees tan imbécil? Fácilmente pudiste comprarte a estos idiotas con tus miserables servicios.

Daan se puso de pie, encarando a este hombre.

—Si Rudis te dijo que el ganador fue Daan está en lo correcto, no te engañó.

—¿Quién eres tú? —preguntó con voz despectiva Brand, sin mirarlo.

—Soy Daan, el ganador.

La tensión se podía cortar con un cuchillo, y todos, hasta el último individuo en la taberna guardaron silencio:

Brand volteó la mesa con jarras y todo, para luego derribar a Daan de un certero puñetazo en el rostro. Alí y Reik no toleraron la situación, por lo que arremetieron contra dos de los secuaces del agresor.

Bron agarró por el cuello a dos de los enemigos, elevándolos por sobre la cabeza, para un segundo más tarde aventarlos con todas sus fuerzas a una mesa vacía.

Los presentes en la taberna formaron un amplio círculo animando a Daan y los otros. Al mismo tiempo los guardias ajustaban los pasadores en las puertas para ir a detener el conflicto.

Mientras, los cuatro mapaches alejaban al rey de los pillos del caos y Tigris los seguía muy de cerca con las mujeres.

Una silla voló sobre la cabeza de Darius, y el barril se cayó de costado y desparramó la cerveza por el suelo dificultando la movilidad.

Daan se incorporó y le regresó el golpe a Brand, quién acabó rodando por el suelo al resbalar con el brebaje.

Los hombres que Bron aventó regresaban a la lucha, pero fueron interceptados por Darius que, empleando su apariencia de cocodrilo, los flageló con la cola. A continuación los agarró una vez más el coloso de color y los estampó en el muro, dejándolos inconscientes.

Una silla redujo a Reik al impactarlo brutalmente en el centro de la espalda; a causa de esto, los tres contrarios rodearon a Alí impartiendo la más cruda de las palizas. El guerrero era un maestro de la espada, pero jamás tuvo mucha habilidad con los puños y, en esta oportunidad eso le pasaba factura. Como no llevaba ninguna parte de su coraza, cada golpe lo castigaba sin piedad, hasta que Tigris apareció abriéndose paso a punta de puñetazos y rompiéndole la nariz al primer sujeto. Si bien el antropomorfo perdía la cabeza cuando habían mujeres de por medio, cuando se trataba de proteger a sus camaradas no dudaba en pelear, aunque llevara las de perder. Pero esa vez no fue el caso. Demostrando su superioridad, Tigris aplastó el rostro de otro de los agresores contra su rodilla, y al último lo derribó de un revés, terminando de sacarlo de la batalla de un  duro pisotón con el taco de la bota en la sien.

—¿Te encuentras bien, hermano? —preguntó Tigris, ofreciéndole la mano a Alí.

—Ahora sí —respondió el guerrero, aceptando la ayuda del antropomorfo—. ¿Y Reik?

—Vamos a ver.

Los guardias ya se acercaban, pero por sus monstruosos cuerpos no podían aproximarse tan rápido. En ese momento, la puerta de la bodega se abrió, y por ella se asomaron Wombat y Numbat, que cuando vieron lo que acontecía en el local se encaminaron al centro de la confrontación y, furiosos, repartieron golpes tanto a amigos como enemigos.

Cuando tuvieron el problema bajo control, Wombat vociferó iracundo:

—¡¡¡¿Qué mierda está pasando aquí?!!!

Todo el recinto quedó sumido en un mutismo absoluto.

—¡Les doy la espalda, y destruyen mi local! ¿Qué mierda se han creído?

Como los bárbaros yacían tirados inconscientes, el anfitrión les dedicó ígneas miradas a Daan y Tigris.

—No nos mires —dijo Tigris, riendo temeroso—. Fue Rudis quien provocó esto.

—¿Otra vez Rudis? ¡Siempre es lo mismo con esa zarigüeya! ¿Dónde está?

Wombat oteó el entorno y encontró a Rudis en un rincón, rodeado por sus asistentes.

—¿Qué pasó? —preguntó Rudis, asomando la cabeza por entre sus secuaces.

—¡Ven aquí, Rudis, quiero una explicación!

—¿De qué? ¡Si no he hecho nada!

—¿Cómo que no? —lo confrontó Tigris—. ¡Engañaste a estos idiotas, por eso vinieron aquí!

—¡Mira lo que hicieron en mi taberna! —espetó Wombat.

—Todo un barril de cerveza desperdiciado —sollozó Numbat al contemplar la cerveza que se esparcía por el suelo—. Y era de la mejor en nuestras reservas... No... ¡Yo lo mato!

Daan y Tigris consiguieron contener a Numbat, que ya se prestaba a lanzarse por la cabeza de Rudis.

—¡No, suéltenme! ¡Lo mato, en serio que lo mato!

—¡Cálmate, Numbat! —lo reprendió Wombat—. Yo veo esto.

—¡A ver, a ver! No me vengan a culpar de nada a mí —espetó Rudis, haciéndose el ofendido—. Yo hago mis negocios de forma limpia, si este idiota no supo aceptar que perdió el dinero al apostar que Tigris ganaría, no es problema mío.

—Mmm… —se mostró dudoso Wombat.

—¿Wombat? ¿No me crees? —Se hizo el sorprendido Rudis, frotándose las manos—. Me impresiona, Wombat, después de tantos años de amistad.

—Para serte sincero, Rudis, no… —le soltó Wombat, cruzándose de brazos—. Pero en verdad ya se me está haciendo familiar que te vengan a golpear por estafas. Lo que realmente me rompe las pelotas, es que destruyan mi hogar.

Rudis abrió desmesuradamente los ojos y la boca, como si estuviesen acusándolo de algo que jamás haría.

—Me ofendes, Wombat, y yo que creía que éramos amigos.

—Corrección, Rudis, somos amigos. ¡Y ustedes, holgazanes! —exclamó Wombat, dirigiéndose a los guardias—. Se supone que los tengo para que controlen todo aquí adentro. ¡Y con sus cuerpotes solo ocupan espacio!

—Lo sentimos, señor… —dijeron al unísono los cuatro rinocerontes.

—Qué más da, al menos llévense a estos idiotas de aquí —ordenó Wombat, señalando a los seis sujetos caídos.

Los guardianes obedecieron al instante.

—Y tú, Numbat, limpia este desastre. ¡Pero no con la lengua! Hay muchos barriles en la bodega como para que te pongas a lamer la cerveza esparcida.

—Lo siento … —dijo Numbat bajando la cabeza.

Luego de impartir órdenes, Wombat atisbó a los camaradas de Rudis que trataban de pasar inadvertidos en el rincón.

—¡Oigan, ustedes cuatro! —dijo Wombat dirigiéndose a los mapaches—. Ayuden a limpiar el desastre que ocasionó su jefe.

Cabizbajos, los cuatro asistentes de la zarigüeya se acercaron, apoyando a Numbat que comenzaba a frotar el suelo.

Con todo en orden, Wombat trajo jarras nuevas y dos barriles más, esperando que con eso fuese suficiente para lo que restaba de la madrugada.

—No hay nada mejor que una buena cerveza helada para serenarnos —comentó Wombat, dejando la jarra en la mesa, luego de beberse más de la mitad de un solo trago—. Me estresan las revueltas en mi taberna. Yo hice este lugar para que todos, tanto pillos como timadores, puedan sentirse como en casa. ¡Solo miren a Rudis! Él es quien más pasa aquí.

—Y el único que acabó mal fue Reik —indicó Alí, señalando al escudero que se frotaba la espalda.

—Que no les quepa duda —respondió el joven de color ébano—. ¡Casi me parten la espina!

—Al menos no será visible —le soltó Daan, acariciándose el moretón del pómulo izquierdo.

—¡Ya! —los interrumpió Rudis—, ¡no nos pongamos melancólicos  y sigamos bebiendo! Miren que la vida es una sola ¡y no podemos desperdiciarla!

—¡Mucha razón! ¡Salud! —exclamaron todos al unísono, chocando las jarras en el centro.

—¡Eso! —profirió Wombat, vaciando lo que le quedaba de cerveza de un solo trago—. La paso tan bien con ustedes, muchachos ¡Vamos por unos honguitos alucinógenos!

Daan sonrió malicioso, y picoteando la barriga de Wombat con los dedos le preguntó de forma burlesca:

—¿Te gustó que Alí te besuqueara? ¿Eh, pillín?

Alí se puso de todos colores, y si no hubiera estado sentado, posiblemente habría terminado tirado en el piso. Por otro lado, Wombat derramó parte de la cerveza que se estaba sirviendo. Bron, Daan, Darius, Numbat, Tigris y Rudis se desternillaban de la risa.

De pronto una sombra llegó brincando hasta el costado de Wombat  y le entregó un porta pergamino. Se trataba de una liebre gris, animal bastante inusual en el Bosque Espectral y sus alrededores. Cuando el dueño de la taberna le hubo pagado con varios dracos de plata, el veloz animal volvió a desaparecer.

Al acabar de leer el mensaje, Wombat descubrió a todos mirándolo persistentemente. Enrolló el pergamino, lo metió en el contenedor y anunció:

—Ya saben, cuentas y más cuentas. Este mundo solo se mueve con el dinero.

Gracias a que la cerveza ya se les había subido a la cabeza pasaron por alto el asunto de la encomienda, y siguieron bebiendo, hasta acabar con el primer barril, el segundo, y tres más que trajo Numbat.

# Capítulo 15

## Nuevo destino

Alí, Bron, Daan, Darius, Reik y Tigris despertaron Pasado el mediodía. Estaban recostados entre los arbustos junto al río y de la celebración no les quedaba más que los moretones hechos por la pelea y las ropas vomitadas. Se les había pasado la mano con la bebida, ¡ni siquiera tenían idea de la hora a la que se quedaron sin conocimiento! Ahora se arrepentían: tenían mal sabor en la boca y la cabeza a punto de estallar.

Alí tomó asiento frotándose la sien.

—Por los dioses, juro que no volveré a beber.

—Alí, no mientas, ¡si sabes que seguirás bebiendo! —le restregó Reik, apretándose la cabeza con ambas manos.

—Guarda silencio, Reik...

Solo se oía el torrente del río, y como fluía en calma no resultaba molesto; muy por el contrario, su sonido parecía aliviar el malestar causado por la bebida. De pronto el guerrero elevó la vista y se encontró con Gor cómodamente recostado sobre una de las rocas más próximas al agua. Entre sus patas traía la poción niveladora de emociones, y Alí recordó que no la bebía desde ayer.

—El viejo Gor se preocupó, mi señor no se ha tomado un trago de su pócima.

Alí comprendía la gravedad de la situación; por lo que, conteniendo la molestia caminó hasta Gor, destapó la botella y dio un sorbo.

—¿Mi señor?

Antes de responderle, Alí miró hacia atrás a fin de asegurarse que el resto aún estuviera tratando de incorporarse, porque no sería grato que lo atraparan hablando con una botella.

—Gor, recuerda que eres un ser mágico, y no todos te ven.

—Lo siento, mi señor, no era la intención de Gor darle problemas.

—Tranquilo, Gor, que no me los has dado —trató de calmarlo Alí, al ver que nadie les prestaba atención—. ¿Crees que con tu magia puedas limpiar las ropas de todos?

El felino asintió, y alzando la mano en la que portaba el brazalete produjo un brillo dorado que pasó por cada uno de los allí presentes y limpió la suciedad de sus ropas; además, pese a que Alí no se lo pidió, los libró del molesto dolor de cabeza.

—Todo en orden, mi señor. Ropas limpias, y el malestar fuera de sus cuerpos.

—Ahora, Gor, vete y llévate la botella; nos veremos en el hogar de Daan.

—Sí, mi señor.

Dicho esto el animal mágico se desvaneció, dejándolos solos. Tras esto, Alí volvió a prestar toda su atención a al río.

Alí se perdió en sus aguas cristalinas y repletas de vida, le recordaban a su amada Coral. Si bien no experimentaba emoción alguna, algo en lo más profundo de su ser le hacía añorar su imagen.

—¿Extrañas a tu amada?

Alí se exaltó, y al girarse se encontró con Daan, que al igual que él contemplaba el cauce.

—Mmm…

—Sé que ahora no tienes noción de emociones por la poción niveladora —continuó diciendo el brujo—, pero comprendo el lazo que se forja al existir amor.

—Sí, puede ser.

Se mantuvieron mirando el río, como si fuera lo primero que aprovechaban de disfrutar en común, y como el resto del grupo estaba preocupado de otros asuntos, Daan quiso seguir platicando:

—Lamento mucho que hayan perdido el viaje a Tierra Negra.

Alí dejó escapar un profundo suspiro.

—Pensé que podría existir una ligera esperanza... Nunca creí que Ereck podría estar muerto, no debía estarlo.

—Pero lo está.

El guerrero se encogió de hombros.

—¿Qué harás, Alí?

—Subiré la Montaña Roja, y luego seguiré por todas las cadenas de tierras altas, hasta recorrer la última en búsqueda del dragón que asesinó a Coral.

—Noble búsqueda, caballero, pero eso no te hará recuperarla.

Alí era consciente de esto, y desviando la vista por entre las fantasmales copas de los árboles, se perdió en el azul del cielo.

Al matar al dragón se libraría de la ira que le atenazaba ¿pero qué sería luego? ¿Continuaría bebiendo la poción para no sufrir más, o caería en el suicidio? De una u otra forma, Coral no regresaría, y aún peor, yacería por la eternidad encerrada en un cuerpo artificial.

—Por tu expresión, deduzco que te das cuenta de que es una búsqueda que no te llevará a nada, y que solo te servirá para poner en riesgo tu vida y la de Reik.

—¿Qué puedo hacer? —espetó Alí—. Por mi culpa ella está encerrada en un homúnculo ¡por nadie más! Y la condición que me puso Baltasar para liberarla de allí, me empuja a matar al dragón.

Daan resopló pesaroso.

—Bueno, Ereck ya no está entre nosotros, pero...

—¿Pero qué? —inquirió Alí.

—¡Yo soy un brujo! Y puedo ayudarte —respondió Daan, apoyándole la mano en el hombro al guerrero.

—Pero, Daan... no es tu obligación.

—No necesito que sea mi obligación para acompañarlos —indicó el brujo recogiendo una piedra que luego aventó al cause—. Conocí a Ereck, y él era su esperanza, sin embargo ya no se encuentra entre nosotros. Además, conozco muy bien estos terrenos, y podríamos pasar a Vulcania, la tierra de los mercenarios, a preguntar por las ubicaciones de los dragones que se mueven por la cadena montañosa.

Alí se encogió de hombros.

—¡Tranquilo, muchacho! No voy por nada a cambio, únicamente por el deseo que tengo de vivir nuevas aventuras.

—¿Y Nina?

—Ella está acostumbrada a estar solita, pierde cuidado. Generalmente paso un par de días en la aldea, y luego me voy por una o dos semanas.

—Está bien, acompáñanos —acabó cediendo Alí.

—¡Muy bien! ¿Te parece si emprendemos camino mañana con el alba?

—Sí, sería perfecto.

—¿De qué cuchichean tanto? —preguntó Tigris, aproximándose.

—De la partida de Alí y Reik —contestó Daan—. Y la nueva misión que tienen.

—¿Una nueva misión? ¿Y podemos formar parte de ella?

Alí quedó boquiabierto. Le sorprendía la buena disposición de parte de estos hombres de acompañarlos sin importarles el peligro. A pesar de estar recién conociéndolos.

—¡Contaba con eso, hermano! —profirió Daan, golpeando las palmas con Tigris.

—¡Bien! ¿Cuándo partimos?

—Al alba.

—¡Perfecto! Hay que regresar a Tierra Negra a preparar todo.

El resto del día lo usaron para preparar el equipaje. Resultaba increíblemente útil que Daan tuviese un punto de partida para la misión, puesto que ni Alí ni Reik habían pensado en eso. La cuestión era que los dragones habitaban las montañas y los profundos valles, siendo inmensos los terrenos a cubrir, pero con la información que recabarían en Vulcania, existía la posibilidad de que el tiempo de duración de la búsqueda se acortara.

Job le preparó poción pensando en tres semanas aproximadamente. Ya llevaban casi dos afuera de Terra, y el único dato que consiguieron, era que Ereck, el amigo del curandero, estaba muerto.

Por la noche Alí no consiguió conciliar el sueño, por lo que salió a caminar un momento en compañía de Gor. Tal como en todas las noches, los trou revoloteaban en la altura, proporcionando la luz suficiente en el exterior para observar todo sin mayor dificultad.

Se acercó al pozo y dio un vistazo al interior con la ligera esperanza de ver a Coral, pero las aguas estaban fuera de la influencia de la magia. Gor se bajó del hombro de Alí, quedando de pie en el reborde.

—Mi señor, me gustaría que comencemos con las prácticas de la magia esta noche.

—¿Esta noche, Gor?

—Sí, mi señor. Los dragones son animales de inmenso poder, y la espada no es suficiente para contenerlos.

Alí sopesó la propuesta. Sin dudas Gor había vivido muchas más cosas que él, por lo que le llevaba la delantera. Por añadidura, el conocimiento de este animalito no podría ser pasado por alto.

—Muy bien, Gor, si estimas conveniente comenzar con las prácticas hoy, aquí y ahora, lo haremos —dijo, desatándose el caftán.

—¡Ese es el espíritu, mi señor!

—Gracias, Gor.

Alí se quedó únicamente con una almilla sin mangas de color negro y las calzas grises. Entonces, Gor le disparó un destello dorado del brazalete, golpeándolo en puntos específicos en el cuerpo: cerca de la zona axilar derecha, bajo la garganta, a la altura del bazo, en el centro del abdomen, y por último en el corazón. Con cada punto tocado por la energía dorada, el guerrero sintió encenderse una llama, al tiempo que el flujo de sensaciones electrizantes lo recorrían desde la cabeza hasta la punta de los pies. Al acabar, Gor hizo desaparecer la energía, frotando el brazalete.

—¿Qué me hiciste, Gor?

—¿Mi señor se siente diferente? —preguntó la criatura, mostrándose serio.

—Bueno… —meditó un momento la respuesta Alí, sacudiendo las piernas y brazos—. Creo que mucho más ligero.

—¡Sí, el viejo Gor lo consiguió! —celebró el gaoru.

—¿Conseguir qué, Gor?

—Desbloquear las fuentes de energía mágica, mi señor; el secreto para poder emplear cada fuerza del entorno. Generalmente los hechiceros estimulan esos puntos desde que son muy pequeños, por lo tanto al llegar a edades avanzadas logran usar la magia a su antojo. Pero aquellos humanos que desconocen de la condición que les entregaron los dioses, se tienen que despertar con magia.

—Ya veo… —musitó Alí.

—Bien, mi señor, será mejor que no perdamos tiempo, tiene que descansar.

—Sí, Gor; tú dirás qué tengo que hacer.

—Por esta noche, mi señor, únicamente va a enfocar la energía, haciéndola estallar a su alrededor. Tiene que concentrarse bien, y tratar de que el calor que recorre sus venas aflore de sus carnes.

—Vaya, suena complicado.

—Nadie dijo que esto sería sencillo, mi señor. Esto le tomará días, incluso semanas; pero antes del mes debería tener dominada la base de la magia, que es expulsarla y ocultarla a su antojo.

—Bueno, haré todo lo posible.

Dicho esto, Alí cerró los ojos centrando la atención en la energía que fluía en su interior. La llegó a visualizar como un riachuelo de energía plateada que se movilizaba por conductos similares a las venas, extendidos a lo largo de todo su cuerpo. Borró todo pensamiento, ensimismándose en agarrar aquel flujo con su mente, moldeándolo a su gusto.

Gor quedó pasmado al ver cómo el aura de Alí se expandía mucho más de lo que debería, alcanzando a cubrir casi un metro a la redonda. Al final, la energía, como era expulsada sin un control, estalló, aventando a los aires al guerrero. La criatura salió al rescate, aferrando de los brazos al joven que ya había volado casi seis metros, haciéndolo aterrizar en un acolchado manto de plumas.

—Mi señor, Gor lo siente mucho, no quería que le ocurriese algo.

Alí abrió los ojos lentamente, conforme con el resultado obtenido.

—Tranquilo, Gor, no es grave —dijo Alí en un hilillo de voz, sentándose con la espalda dolorida por la dura caída.

—Oh, mi señor, Gor se preocupó.

—No tienes porqué, Gor —lo tranquilizó el guerrero, acariciándole la cabeza al animalito mágico—. Lo bueno es que sentí el poder ¡tuve la magia entre mis dedos!

—¡Sí, mi señor! Gor sabía que mi señor Alí podría dominar este poder rápidamente ¡lo sabía!

—Gracias, Gor, sin tu ayuda no lo lograría.

Gor asintió, conforme.

—Es hora de que mi señor vaya a descansar.

—Pero Gor, si estamos recién comenzando…

—No sabía, mi señor, que usted podría dominar tan rápido la magia. Es mejor que descanse, ya que expulsó energía en grandes cantidades.

Alí se secó el sudor de la frente, y recién aquí notó la falta de fuerzas.

—Sí, Gor, será mejor que vaya a descansar.

Una vez Alí se metió en el lecho, cayó rendido. La práctica le había absorbido la mayor parte de la energía vital. Hasta Gor se había sorprendido por la resistencia del guerrero, puesto que cualquier hechicero principiante, hubiera quedado inconsciente.

Luego de cerciorarse que su protegido dormía plácidamente, el gaoru se montó en un taburete junto a la ventana, clavando sus pupilas en el exterior. Su mente viajó a Terra, extrañaba a Job; además le preocupaba el asunto de los oceánicos, que por la muerte de Coral en cualquier momento se podrían alzar en armas.

Al otro día, todo estaba listo para el viaje, y tal cual Daan lo dijo, Nina no se puso triste, realmente estaba acostumbrada a quedarse sola.

Tigris llegó en menos del tiempo esperado, y después de ir por las monturas a las caballerizas y cargar las alforjas, se dispusieron a dejar Tierra Negra atrás.

—¿En cuánto tiempo estaremos en Vulcania? —preguntó Alí, ajustándose la espada.

—Aproximadamente en dos días —respondió Daan, transformándose en tejón—. Al atardecer estaremos fuera del Bosque Espectral, y mañana, pasado el mediodía, nos encontraremos con las puertas de Vulcania. Ustedes solo preocúpense de seguirnos el paso.

—¿No sería más simple si viajan en nuestros lomos? —inquirió Tigris, tomando la forma del tigre blanco.

—No, gracias —se apresuró a contestar Reik, abrazándose al cuello de su montura—. Aquí puedo controlar la velocidad.

—Bueno, como quieran —acabó diciendo Tigris, echando a correr.

—Sígannos lo más rápido que puedan, por favor. No sería aconsejable que se pierdan en el bosque.

Ambos jóvenes asintieron, azuzando a las monturas para que siguieran de cerca a Daan y Tigris que se abrían paso a toda prisa.

# Capítulo 16

## El dios insurrecto

Tal como dijo Daan, al caer el sol estaban fuera del Bosque espectral acomodándose en un claro desde el que se apreciaban los altos muros de piedra blanca de Vulcania, la tierra de los mercenarios. Por el tipo de construcción, más parecía un sofisticado fuerte que una ciudad, y al día siguiente entrarían y la conocerían desde su interior.

Daan, Reik y Tigris cayeron rendidos junto a la fogata. El viaje los había dejado agotados, y ahora descansaban y recuperaban energía gracias a las provisiones que traían. Wombat les había dado un pequeño barril con cerveza, que consiguió que esta experiencia fuese completamente agradable. Si bien el brebaje no estaba frío como acostumbraban, les refrescó sus gargantas cual si fuera una dulce caricia. Reik los acompañó con un trago, mientras aguardaba que la carne de conejo y ciervo se calentara.

Alí le dio un sorbo a la poción niveladora de emociones, y se apartó del grupo. Al igual que la noche anterior, practicaría con la magia bajo la tutela de Gor. Se encaminaron a un punto más alto, desde el que se podía apreciar el fantasmagórico bosque desde otra perspectiva. Los arbustos los rodeaban, tal vez amortiguarían las caídas del joven; y árboles de talla media los resguardaban de los ojos curiosos de posibles enemigos.

—Muy bien, Gor, no perdamos tiempo —dijo Alí, depositando la espada dentro de la vaina y el caftán sobre un montón de piedras de tamaño regular.

—No, mi señor. Continuaremos desde donde quedamos ayer.

—¿Enfocar la energía?

Gor asintió.

—Aunque en esta oportunidad, mi señor, tiene que tratar de controlar la energía que sale de su cuerpo, o se podría causar daño.

—Lo intentaré.

Alí inició sus ejercicios, expulsando las primeras oleadas de energía. Luchó con su mente para mantener el flujo de la misma armónico, no obstante bastó una fracción de segundo para que se disparara tomando el control absoluto sobre el guerrero. El guerrero salió despedido, y Gor consiguió contenerlo con un hechizo antes de que se precipitara desde la altura y se ocasionara severos daños al rodar por la loma pedregosa.

Una carcajada alertó a Gor de que había un adolescente que los contemplaba desde la rama de un árbol.

—¿Qué resulta tan gracioso? —le espetó Gor totalmente furioso.

—Mis disculpas, anciano, no era mi intención causarles molestias —anunció el chiquillo bajando del árbol.

La altura que lo distanciaba del suelo superaba los dos metros. Sin embargo, este jovencito aterrizó sin mayor dificultad doblando las piernas ligeramente, como si bajara un escalón y quisiera aminorar el impacto. ¿Qué clase de humano era aquel? Vestía anchos pantalones verde musgo y zapatos de cuero; como accesorios, llevaba brazaletes de cobre y una gargantilla de plata.

Alí tomó asiento, fulminando al extraño con la mirada.

—¿Quién eres tú?

—Increíble, ustedes son quienes llegan a mi territorio ¿y fuera de eso debo responder? ¿No se estarán pasando?

—Ams. —Alí se quedó pensando un momento en lo que este muchacho le decía—. Creo que tienes razón.

—Por lo que pude ver, estás practicando el uso de la magia. ¿No sería mejor que te enseñe un hechicero?

—¿Qué tienen de malo las enseñanzas del viejo Gor? —le soltó el animalito mágico, entornando los ojos.

—No, nada —se retractó de sus palabras el extraño gesticulando con las manos al frente en señal de paz—. Es que quizás un hombre le podría enseñar de una forma distinta, mucho más simple. Las criaturas mágicas poseen una fuerza ilimitada. Le ofrezco mis disculpas una vez más, anciano; no quiero ofenderlo ¡de ninguna manera!

—Tranquilo, Gor —musitó Alí acariciando al gaoru por entre las orejas.

El felino se rindió rápidamente a la muestra de cariño, acurrucándose junto al guerrero.

—¿Al menos me dirás quién eres? Para que ambos sepamos con quién estamos tratando.

—Si no tengo otra opción. Soy Vahal, un gusto.

—Un gusto. Mi nombre es Alí y vengo de Terra —contestó el caballero incorporándose.

—¡Terra! —exclamó sorprendido el joven—. Eso queda bastante lejos, ¿qué te trae por aquí, Alí?

Alí suspiró apesadumbrado. No le hacía gracia tener que contar su historia cada vez que conocía a alguien. Vahal comprendió sin dificultad que no se trataba de una razón agradable, por lo que pensó otra cosa para desviar el tema.

—¿Cuántos días llevas practicando la magia?

—Esta es mi segunda noche —respondió Alí, percatandose de que Gor dormía apaciblemente.

—Tienes un excelente guardián, hombre —dijo Vahal, dedicándole una mirada de soslayo a la criatura—. No cualquiera puede decir  que tiene un gaoru a su lado. Son criaturas muy particulares.

—Así es ¿Y tú, Vahal, qué haces por aquí?

—Soy errante. Ando de aquí para allá sin tener un destino, buscando vivir cosas nuevas.

—Mmm… Un jovencito errante. ¿Que practica la magia?

—¡Por supuesto! Uso una clase de magia llamada Rompedora, es un estilo más físico.

—¿Rompedora?

—Sí. Mira, te voy a mostrar —dijo Vahal separando las piernas y llevando las manos al frente—. A diferencia de la mayoría de formas de magia, esta se centra en tu fuerza física, ofreciendo un arma devastadora si eres guerrero o mercenario.

—¿Se puede usar con la espada?

—Es un tanto complicado, ya que tienes que transferir tu energía al acero.

—Ya veo…—masculló Alí.

—Pero ven, atácame y te demostraré cómo funciona esto.

—¿Estás seguro?

—Vamos, tranquilo. Solo será un combate de práctica, completamente amistoso.

El guerrero se miró los puños revestidos por los guanteletes. Podía tratarse de una lucha de demostración, pero si llegaba a conectar un solo golpe le podría ocasionar un severo daño; por lo tanto se quitó las protecciones y las dejó junto a las otras cosas.

—¿No estarías más cómodo peleando con esas piezas de la coraza?

—Sí, pero tú no tienes con que detener los ataques. Será más justo si al menos peleo con las manos desnudas.

Vahal se encogió de hombros.

El guerrero apretó los puños con la máxima seguridad, y arremetió.

Al tener al muchacho al alcance, Alí fijó las piernas en el suelo e impartió rápidos golpes de puño que parecían cortar el aire, sin hallar un solo punto donde golpear. Vahal se mantuvo firme evadiendolo durante unos minutos, movía únicamente la cintura como si se dejara llevar por la brisa, permaneciendo en todo momento apartado de los puños del guerrero por más de quince centímetros. Luego, cansado de estar a la defensiva, las manos del adolescente entraron en acción y sin tocar con las palmas el cuerpo del contrario, le castigó el cuerpo en treinta puntos diferentes. Al fin  lo abatió de un poderoso golpe energético en el centro del abdomen. Alí se desplomó de espalda, rodando indefenso hasta quedar tirado junto a Gor.

—¿Qué fue eso? —preguntó Alí poniéndose de pie con el cuerpo tembloroso—. Fue como si una corriente de aire me hubiera aplastado.

—Algo así fue lo que sucedió —comentó Vahal, sacudiéndose las palmas—. Si bien la magia Rompedora no es la más fiable, sí resulta ser la práctica más devastadora puesto que con un par de golpes puedes reducir el cuerpo de un hombre a pedazos. Concentrando la energía en las palmas, no necesitas tocar para aplastar a tu rival.

—Sí, mi señor, tiene razón —indicó Gor, levantando la cabeza—. Pero solo los dioses manejan esa variante de la magia.

Alí quedó boquiabierto, observando con respeto al muchacho.

—Quiere decir...

—Sí, soy hijo de los dioses —lo interrumpió Vahal—. El primogénito, para ser más exacto.

—Vaya, siento mucho mi comportamiento —dijo Alí, inclinando la cabeza.

—¡Pero qué fastidio! Por eso mismo no me agrada revelar mi condición, me harta que me traten como una divinidad.

—Eso es lo que es, uno de los altísimos —señaló Gor.

—A ver, aclaremos esto de inmediato. Que mis padres sean Enssus y Dessus, no me hace ser superior a la creación, por eso mismo huí del palacio con las torres de plata, porque quiero vivir como un ser mortal.

—Mmm… —Se mostró desconcertado Alí—, pero si no eres un ser mortal, eres un dios.

—¡Ya lo sé! —gritó enfurecido el hijo de los dioses—. ¿Acaso es mucho pedir que me traten como un semejante?

Alí y Gor intercambiaron miradas confusas.

—Verás, Alí; si me diera la gana, escudriñaría en tu mente para saber tus verdaderas intenciones. Pero no lo he hecho ¡porque quiero ser mortal! Me harté de que cada civilización nos rinda honores, como si fuéramos criaturas que van más allá de la comprensión humana.

—Es que, ¡eso son! —lo contradijo Alí—. Quieras asumirlo o no, eres un dios, y aunque vivas como un joven ordinario, jamás serás un joven ordinario. Las necesidades de un humano son demasiadas a comparación de las de una divinidad.

—Esta conversación se volvió aburrida —dijo Vahal dándose media vuelta—. Me largo de aquí.

—¿Vahal?

El dios se detuvo, contemplando a Alí por sobre su hombro derecho.

—¿A dónde irás?

—No te incumbe.

Acto seguido Vahal desapareció de un salto, perdiéndose en la tétrica arboleda del Bosque Espectral y dejando a Alí y Gor descolocados. ¿Cómo un dios podría estar cansado de serlo?

# Capítulo 17

## La Tierra de los mercenarios

Con la llegada del alba retomaron el camino a Vulcania. No era mucho el tiempo de viaje que les quedaba, por lo que comieron un puñado de frutos secos acompañados con algunas bayas que consiguieron recolectar en la pobre vegetación colindante a la Montaña Roja; no era buena idea añadir el hambre al cansancio del viaje.

Alí cabalgó todo el trayecto en silencio. Lo sucedido anoche escapaba a toda lógica. Temía que si les comentaba acerca del encuentro con Vahal no le creerían. Por lo tanto, al igual que lo respectivo al tema de Gor, prefirió guardar silencio. Si en su destino estaba cruzarse por segunda vez con el dios, así sería. Él no se opondría.

La tierra se volvía más árida, y el color del suelo demostraba el porqué del nombre de la zona.

—Es literalmente roja —comentó Reik deteniendo el caballo.

—Así es —asintió Daan mientras volvía a ser humano—. Se supone que cada cien años el volcán de la Montaña Roja se activa y arrasa con todo a su paso, lo que impide que se formen áreas verdes.

—¿De qué vive esta gente? —preguntó Alí.

—De la magia, Alí.

—Debí suponerlo —se dijo para sí el guerrero, golpeándose con la mano derecha en la frente.

—Y bien ¡ya estamos en Vulcania! —profirió Tigris, arreglándose el caftán.

Alí y Reik quedaron de piedra al ver las gigantescas puertas de acero que resguardaban la ciudad. Se trataban de dos hojas de más de cinco metros, en las cuales se distinguía el escudo de la alianza grabado, engarzadas por los goznes a los muros de piedra blanca.

—Vaya, es impresionante —dijo Alí en un hilillo de voz.

—Sí, todos se llevan la misma sorpresa al estar a las puertas de Vulcania —comentó Tigris aproximándose a las hojas de acero—. Lo bueno es que como aquí llega la mayoría de los hombres más buscados en las seis tierras señoriales, a nadie se le niega el paso.

—¿Qué? —Se exaltó Reik, fustigando a Alí con la mirada—. ¿Nos vamos a meter en un nido de delincuentes?

—En pocas palabras, Reik —respondió Daan—. Aunque tranquilo, que a nadie le interesará arrancarte la cabeza. Existe un código, mediante el cual ningún habitante o forastero puede agredir a otro entre los muros de la ciudad.

—Uf, me siento más aliviado —murmuró sarcástico el escudero.

—Vamos, Reik. No seas exagerado —le indicó Tigris golpeando la puerta con una barra de metal que colgaba en medio—. Te metiste en la taberna de Wombat ¡y no te pasó nada! A pesar de que era exactamente lo mismo.

—Tigris tiene razón, Reik —afirmó Alí.

—Benditos antropomorfos…

Un grupo de soldados vestidos con armaduras plateadas y armados con hachas a la espalda abrieron las puertas, y tal como lo había dicho Tigris, les permitieron acceder libremente. Dentro era otro mundo. Amplios caminos de piedrecilla se abrían paso por entre imponentes construcciones sólidas, de tres, cuatro y hasta cinco plantas, que en su mayoría eran usados como puestos para exponer raros objetos.

Abundaban los mercaderes con las más extrañas armas o las piedras preciosas más exóticas; siendo las tiendas de animales las menos comunes, al igual que las de compuestos para hechizos.

Daan los dirigió por un camino poco transitado junto a brujas que gritaban sus mercaderías, entre las que destacaban criaderos de aves. Esto le llamó mucho la atención a Reik, y luego de hacerle entrega de las riendas de su montura a Alí, se metió en una de las tiendas, atendida por una anciana de cabellera blanca y horrendas verrugas que le colgaban de la papada.

—¿Qué le pasó a Reik? —preguntó Tigris interesado.

—No lo sé, se metió en aquel local donde exhiben aves de presa.

—Se querrá comprar algún pajarraco para el viaje —dijo Daan observando las jaulas con halcones—. Esperémoslo aquí.

—Es lo más probable —afirmó Alí, cruzándose de brazos.

A los quince minutos regresó Reik llevando un cuervo posado en el hombro, un guante de cetrería y un saquillo atado al cinturón que posiblemente contenía semillas para el ave. Les recibió la montura a Alí, y frente a las miradas inquisidoras de los tres, se limitó a encogerse de hombros.

—Solo me costó treinta dracos de plata.

—¿Qué? —Se exaltó Alí—. ¿Treinta dracos de plata? Reik, ¡gastaste casi todas nuestras reservas!

—Lo siento, Alí. Tú sabías de mis ganas de tener un cuervo, ¡y este es hermoso!

—Reik —rezongó entre dientes el guerrero—. ¡No elegiste mejor momento para llevarnos a la quiebra!

—Vamos, no seas tan exagerado; si nos quedan aún diez dracos de plata, y cinco de oro.

—¡Y se quedarán conmigo! —le soltó Alí, arrebatándole el saquillo con el dinero que el escudero llevaba colgado del cinturón—. Jamás creí que serías tan irresponsable.

Reik buscó apoyo en Daan y Tigris, pero los antropomorfos se encogieron de hombros, para luego continuar caminando en silencio.

—Bien, qué le voy a hacer ¿no es así, Alí? —dijo Reik dirigiéndose al cuervo.

—¿Reik?

—¿Sí, Alí?

—¿Le pusiste mi nombre al pajarraco?

—Ams… bueno… Sí, ¿es lindo, verdad? ¡Así jamás me olvidaré de ti!

Alí frunció el ceño antes de seguir los pasos de los antropomorfos.

Llegaron hasta el final del camino, donde se alzaba una construcción fusionada con la piedra blanca que conformaba el muro. Según el desnivel del recinto, parecía estar inclinado hacia abajo, como si no solo lo hubieran excavado en la protección de Vulcania, también en la tierra casi estéril.

Daan llevó las monturas hasta una caballeriza junto al local, donde las recibieron cuatro soldados. Luego los antropomorfos se acercaron a la puerta, y tras golpear se abrió una ventanilla ovalada por la cual se asomó un hombre calvo.

—¿Daan, Tigris?

—¡Si, hermano! —profirió Tigris—. ¿Cuánto tiempo sin vernos, Albert?

—Bastante, muchachos —murmuró el sujeto que respondía por el nombre de Albert, antes de abrir la puerta.

Albert era más bajo de lo normal, y portaba una coraza de cuero con escamas metálicas similar a la indumentaria que se empleaba oficialmente para los entrenamientos militares en Terra.

—Veo caras nuevas —dijo el hombre al advertir la presencia de los acompañantes de Daan y Tigris.

—Cierto. Ellos son Alí y Reik. Vienen de Terra —los presentó el brujo.

—¿Terra? —repitió Albert mientras escudriñaba a los jóvenes de pies a cabeza quedándose prendido un instante del blasón del caballo bicéfalo que presentaban los hombres en el pecho—. ¡Tan lejos! ¿Y qué los trae al fin del mundo?

—La caza de un dragón —respondió con voz firme Daan.

—Ah, entiendo —fingió falso asombro Albert—. ¡Pues están en el lugar correcto! Aquí encontrarán a los hombres más valientes en lo que a caza de dragón se refiere. Mercenarios con tal experiencia que hechiceros de todas partes del mundo los vienen a reclutar.

—Lo sabemos, Albert, lo sabemos —dijo Tigris, palmeándole la espalda al sujeto—. ¿Habrá cerveza para la bienvenida?

—Por supuesto, mi buen Tigris. Solo dile a Rocher que van de mi parte.

—Con tu permiso, Albert —dijo finalmente Daan, conduciendo a Alí y Reik hacia el interior.

—Sí, adelante. Siéntanse como en su casa.

Tal como lo imaginaban los guerreros, al ingresar al local descendieron por varias escaleras, hasta llegar a una taberna iluminada por unos extraños insectos que revoloteaban en el techo aprisionados en una extensa jaula.

—Son mariposas de luna —comentó Gor asomando la cabeza por el bolsillo del caftán de Alí—. Son preciosas, mi señor, de los pocos seres poseedores de magia que no saben cómo utilizarla.

El cuervo, que se mantenía posado tranquilamente en el hombro de Reik echó a volar. La adicción a los objetos brillantes lo atrajo como abejas a la miel, tratando inútilmente de entrar en la jaula en la que se desplazaban las mariposas.

Alí y Reik avanzaron inquietos mirando de lado a lado. Los hombres acomodados en los mesones de los costados eran de cuerpos recios, vestidos de toscas indumentarias de piel de distintas razas de dragones donde resaltan los negros, verdes y rojos. Bruñidas armaduras de acero ornamentadas con bronce, plata y oro, además de múltiples piedras preciosas engarzadas en petos, hombreras y yelmos. Aunque sin duda lo que más llamaba la atención era la gran variedad de armas, en especial espadas, hachas y masas, que no resaltan por su elegancia, sino por los tamaños; ninguna de aquellas armas se podría empuñar con una sola mano, entregando la impresión de que sería el medio que se usa para captar a los posibles interesados en contratar sus servicios. También en las mesas exhiben trofeos de sus cacerías, como zarpas y cráneos de bestias; y otras montañas de dracos de oro, haciendo alarde del supuesto éxito que arrastraban en su labor de mercenarios.

Caminaron hasta la barra en donde se hallaba un oso hormiguero contando varias montañas de dinero. Cuando vio que Daan y Tigris se acercaban, fue embargado con tal felicidad que derrumbó las pilas que tenía hechas y las apartó a un lado con su tosca mano.

—¡Amigos míos!

—¡Rocher! —exclamaron al unísono Daan y Tigris, abrazándose con el cantinero por sobre la barra.

—Tanto tiempo que no se dejaban caer por estos lugares. Con suerte sabía de ustedes por las cartas que me escribe Numbat, mi primo. Creo que el oficio de bodeguero lo tiene algo chiflado.

—Sí, puede ser —asintió Daan, señalando con la mirada a Alí y Reik—. Rocher, te presento a unos amigos.

—¡Ah, perfecto! Es un gusto, jóvenes, todos son bienvenidos a mi humilde taberna.

—Gracias —dijeron al mismo tiempo Alí y Reik realizando una sutil reverencia.

En el momento en que todos compartían carcajadas, apareció Wombat de la puerta del fondo con una jarra rebosante de cerveza. Al verlo, Daan se acercó, regalándole cariñosas palmadas en la espalda.

—¡Wombat! ¿Qué haces aquí?

—Te dije que las deudas eran grandes, y tengo que tener más negocios. Sino no me puedo recuperar de los destrozos de Rudis.

Daan se encogió de hombros.

—¡Por Enssus! ¿Tigris, tú también aquí?

—¡Wombat, hermano! Sí, estamos acompañando a estos jovencitos en su misión.

—Entiendo —musitó Wombat, deteniendo su mirada en Alí—. ¿En qué les podemos ayudar?

El guerrero se preparó para contestar, pero Daan se adelantó:

—Buscamos a un cazador de dragones. Ojalá el mejor en su oficio.

—Mmm… —Meditó un segundo Wombat—. Creo que tengo al candidato perfecto.

Daan se volteó observando en la dirección que le señalaban. Se encontró con un tipo sentado en una esquina, arropado con un largo abrigo café, y su rostro se hallaba cubierto en su mayor parte por un sombrero.

—¿Es de confianza? —preguntó Daan.

—Su nombre es Charrán, y muchos curanderos lo buscan por su habilidad —respondió Rocher—. Tal parece que es bueno en lo que hace.

—Es un tipo confiable —apoyó Wombat—. Ustedes saben que no recomendaría a cualquier truhán. Aquí se encuentra cada farsante ¡solo miren! cuanta demostración de grandeza, podría apostar a que más de la mitad ha encontrado a los monstruos después de que estiraron la pata por vejez o alguna enfermedad y les han cortado la cabeza para alardear.

Alí se encogió de hombros.

—Habría que hablar con él —musitó Reik.

Sin decir más, Alí se encaminó a largas zancadas hasta la mesa de Charrán, seguido por Daan y Tigris que estarían alerta a cualquier movimiento extraño. Al llegar allí, el guerrero se detuvo frente a él pensando cuidadosamente en lo que le diría.

El hombre carraspeó al tiempo que aferraba la jarra únicamente con la punta de los dedos que le asomaban al final de las anchas mangas.

—¿Señor Charrán, verdad? —preguntó Alí luchando con los nervios que lo atenazaban.

—Sí, muchacho —contestó el hombre con voz cavernosa, levantando lo suficiente la cabeza para que asomaran sus penetrantes ojos negros—. ¿Qué deseas?

—Eh, bueno… yo…

Alí les indicó con un gesto de la cabeza a Daan y Tigris que retrocedieran, y a continuación tomó un lugar a la mesa, como había dicho este hombre. Charrán alzó la mano derecha, realizándole un gesto al tabernero para que trajera dos jarras más de cerveza, y una vez que las tuvieron sobre la mesa, dio inicio el verdadero desafío.

—¿Qué tipo de negocio te trae a hablar conmigo? —inquirió Charrán al tiempo que se acomodaba mejor en su silla.

Alí se aclaró la garganta, y tras cerciorarse que Daan y Tigris permanecían retirados a una distancia prudente, comenzó a explicar:

—Busco a un dragón negro adulto.

—Mmm… Creí que sería algo más interesante —musitó Charrán dibujando una ligera sonrisa en sus labios—. ¿Tienes con qué pagar? —agregó y bebió un largo sorbo de su jarra.

—Claro que sí, ¿cuál es tu precio? —consultó Alí, llevándose las manos al cinturón.

Por más que palpó alrededor de su cintura no encontró el saquillo ¡su dinero ya no estaba! y se hizo visible la preocupación en su rostro. Entonces el mercenario sacó la mano de la manga, depositando el saquillo con las monedas en frente del guerrero.

—Créeme, muchacho, es mucho más que ese poco de monedas —anunció con voz sarcástica Charrán.

Alí se mostró nervioso y tragó saliva. ¡Se había quedado sin palabras! ¿En qué momento le había arrebatado los dracos? estaba seguro de que no había quitado las manos de la mesa.

¡Cuánta precisión en sus movimientos! y todo empeoró al oír a Wombat que les decía a Daan y Tigris en un hilillo de voz:

—¡Les dije que era de los mejores, veloz como un rayo!

El joven dio un respingo, dedicándoles una furibunda mirada para que guardaran silencio.

—Tengo más, te lo aseguro —afirmó el guerrero, luchando por mostrarse sereno—. Solo pon un precio.

—Vamos a ver, —meditó la respuesta Charrán—. ¿Cuáles son las condiciones? Vivo, muerto, o alguna otra particularidad.

—Yo solo requiero la sangre del corazón del monstruo mientras aún esté tibia. Tú te puedes quedar con el resto del cuerpo.

—¿Sabes cuánto dinero se puede obtener de un dragón, independiente de que sea adulto o no?

Alí negó con la cabeza.

—Cinco mil dracos de oro por las escamas del cuello, ya que son las únicas que se usan; veinte mil dracos de oro por la piel y tendones; diez mil dracos de oro por los huesos; cien dracos de plata por las garras y quinientos dracos de plata por la carne, ¿estás dispuesto a perder semejantes cantidades de dinero?

—Así es —respondió sin titubear Alí—. No me interesa nada más que la sangre aún tibia del corazón del monstruo.

Charrán escudriñó en las pupilas de su futuro socio. Le sorprendía que en el corazón de un hombre no se alojara ambición alguna, siendo que en todos, sin importar edad o profesión, existía. Sin embargo no encontró dudas frente a la respuesta, estaba decidido y era su última palabra.

—Muy bien, serán cien dracos de oro. Normalmente cobro mil. Pero como me podré quedar con el resto del dragón, solo te pediré cien. Emprenderemos camino al anochecer, y el pago tendrá que ser por adelantado.

—Muy bien, acepto —afirmó Alí extendiendo la mano.

Charrán cerró el trato respondiendo al apretón de manos, pero cuando Alí se disponía a retirarse, el cazador de dragones se acercó a su oído, murmurando en tono amenazador:

—Pero ten claro, que si esto es una trampa, el truco del saquillo con dinero será lo más lento que hayas presenciado.

El joven asintió con una sonrisa que intentaba ocultar el temor que este sujeto le generaba.

—Al caer el sol, nos reuniremos en la entrada de Vulcania. Solo podrás ir con un acompañante, y por favor, lleven las mejores monturas que tengan.

Alí asintió, luego se puso de pie, avanzando hasta Daan y Tigris.

—¿Cómo te fue? —preguntó el brujo.

—Vamos a la barra, ahí les contaré todo.

Paso a paso, y sin omitir parte, Alí les fue relatando la experiencia con Charrán. Los comentarios que le hizo el hombre, las condiciones de la cacería... Todo lo dejó sobre la mesa, despertando la ira de Daan.

—¿Solo uno te puede acompañar?

—Así es —contestó Alí cerrando los ojos.

—¡Está loco! Es un dragón, Alí; el peligro que significa una de esas bestias es altísimo, quizás ninguno vuelva.

—Lo sé, Daan, estoy al tanto del peligro que enfrento ¡pero no tengo otra opción! Debo aceptar sus condiciones, a menos que me recomienden otro cazador.

—Mmm… No, no tengo ningún otro que proponer —respondió Wombat—. Por lo menos te cobró barato, ¡cien dracos de oro es una ganga!

—Ese es mi problema —se apresuró a decir Alí—. El pago lo tengo que hacer por adelantado, y tengo el dinero, pero en mi arca, en Terra.

—No hay problema con eso —dijo Tigris, cruzándose de brazos.

—¿Ah, no? ¿Y por qué lo dices?

—¡Porque Wombat pondrá el dinero!

—¿Qué? —espetó impresionado Wombat, soltando la jarra. ¡Yo no tengo tanto!

—Vamos, Wombat, la taberna te tiene que entregar mucho dinero —le señaló Tigris, palmeándole el hombro—. ¡No seas tacaño!

—Eh… —farfulló el tabernero.

—Wombat, créeme que te lo agradecería inmensamente si me prestas el dinero. Una vez que pueda regresar a mi hogar, prometo buscar la forma de hacértelo llegar —dijo Alí, inclinando la cabeza.

Wombat resopló derrotado. No conocía en detalles las razones por las cuales Alí estaba haciendo todo esto, pero sentía la desesperación que le embargaba; así que respondió:

—Está bien, te lo prestaré, pero con esto ya me estás debiendo dos favores —indicó el tabernero mirándolo con seriedad—. Espero te acuerdes de regresármelos, ya que no acostumbro a cobrar.

—¡Muchas gracias, Wombat! —profirió el guerrero juntando las manos a la altura del pecho—. Te prometo que te los regresaré.

—Sí, no hay problema.

Mientras Alí y Reik se fundían en un apretado abrazo, Daan le propinó varias palmadas en la espalda a Wombat. Se sentía agradecido por la noble acción del tabernero.

La puerta del fondo se abrió, y entró Rudis, y con sus ojos codiciosos brillando intensamente se anunció:

—¡Mi buen amigo Wombat! ¿Así que estás prestando dinero? ¡Podrías auspiciar la siguiente apuesta!

Los presentes clavaron sus miradas en la zarigüeya ¡casi al punto de echar chispas por los ojos!

—Olvidé mencionar que estaba Rudis —farfulló Wombat cruzándose de brazos.

—Pero si Rudis es un amigo —soltó Rocher, acercándose al pillo y rodeándole los hombros con el brazo—. Algo chiflado, pero amigo después de todo.

—Bueno, como estoy aquí ¡podríamos tomarnos una cerveza! —profirió Rudis, esbozando una sonrisa.

—¿Y unas conejitas? —se incluyó Tigris, frotándose las manos—. Para aprovechar la visita a Vulcania, digo yo.

—¡Oh, mi buen Tigris! —Profirió el truhán acercándose al antropomorfo—. No sería yo si no hubiera traído unas cuantas para elegir. Cuando gustes puedes pasar a la salita de atrás.

Tigris se sonrió complacido, y en un murmullo le preguntó al oído:

—¿De qué apuesta estabas hablando?

—Eh… podríamos inventar una —respondió Rudis dibujando una marcada sonrisa.

—No te metas con ellos —lo increpó Wombat con tono de amenaza—. Están en una misión bastante importante.

—No creas que me he olvidado de ti —indicó Rudis, acercándole con la cola un saquillo misterioso—. Solo mira adentro, Wombat ¡es la gloria!

Azorado por la curiosidad, el tabernero le dio un vistazo fugaz al contenido. Se apartó inmediatamente del grupo acomodándose atrás de la barra donde nadie lo vería, y comenzó a deleitarse con tranquilidad.

—¿Qué tenía aquel saquillo? —preguntó Reik, cansado de permanecer en silencio.

—Los honguitos alucinogenos favoritos de Wombat —se jactó Rudis, haciéndose el importante—. Recuerden que siempre traigo lo mejor.

Alí tragó saliva, nervioso al recordar el suceso con aquellas cosas.

—Chicos, hay un tema más importante —les soltó Daan mostrándose más serio—. Tenemos que designar quién irá con Alí. No pienso dejarlo solo con aquel loco.

—Ah —se mostró interesado el pillo—. ¡Eso me huele a apuesta!

—¡Rudis! —gruñó entre dientes Wombat, inclinándose por sobre la barra—. Cuidado con esos trucos.

—¿Trucos? me ofendes, viejo amigo.

—Te conozco, comadreja.

—Soy zarigüeya, Wombat, no una comadreja.

—Ah, lo siento —dijo con tono sarcástico el tabernero—. Pensé que estaba hablando con una sucia comadreja.

Rudis abrió desmesuradamente los ojos y la boca, mostrándose ofendido con lo que le decía Wombat, y rebuscando en su marsupio sacó un par de dados. Los agitó entre sus manos, y observando a cada uno de los presentes dijo:

—Sin tener en cuenta las malas referencias de Wombat hacia mi persona, los invito a jugar una inocente apuesta de dados.

—No sé qué tan inocente será —se dijo Alí, paseando la vista por los antropomorfos—. Pero como es para decidir quién irá conmigo, apoyo.

—Reconozco que no te sería de mucha ayuda —dijo con voz apesadumbrada Reik, buscando al mercenario—. Por eso no participaré, ¡no está!

—¿A qué te refieres, Reik?

—Al hombre, en la mesa solo distingo un puñado de dracos de plata.

—Al menos dejó las monedas —comentó Rocher, encaminándose a recoger el dinero—. Otros desaparecen sin pagar.

Rudis se acomodó en la mesa más próxima a la barra, dejando los dados en el centro. Daan y Tigris lo siguieron, siendo conscientes de que serían los únicos candidatos para servir de acompañante al guerrero.

—¿Les parece que el perdedor pague las rondas de la tarde? —preguntó Rudis, mirando de soslayo en dirección a la barra, donde estaban los dos taberneros—. ¡Hay, traigan un barril!

—No sería bueno que partiéramos ebrios —comentó Alí, buscando apoyo en Daan y Tigris.

—Solo un barril para todos —afirmó Wombat, acomodando las jarras—. El joven tiene razón.

Rudis gruñó desconforme, pero mostrando consideración asintió.

¡Después no tendría a quien embaucar si los mataban! A lo cual anunció:

—A su regreso ¡nos emborracharemos como de costumbre!

—Dalo por hecho, hermano —apoyó Tigris, alzando la jarra—. ¡Por un buen resultado en esta difícil misión!

Entrechocaron las jarras en el centro con un grito jubiloso, luego las empinaron bebiendo hasta la última gota de un solo trago. A continuación Daan y Tigris se prestaron a lanzar los dados frente a los ojos ansiosos de los presentes.

—Recuerden que el perdedor paga la ronda —reiteró Rudis, fomentando la tensión en el ambiente—. ¡Y el que venza será comida de dragón!

—¡Rudis! —profirió furioso Wombat.

—Pero si es cierto. Por lo tanto, teniendo en cuenta ese detalle, creo que debería ir Tigris. Daan está muy flacucho y el dragoncito quedará con hambre.

—No sé si sentirme halagado u ofendido —musitó el brujo, rascándose la barbilla en señal de inquietud.

—Daan, es en serio, preocúpate ¡hombre! Tienes que engordar un poco más, así si te devora una criatura salvaje podrá disfrutar.

El brujo le giró el rostro al pillo de un puñetazo, para seguido mirar directo a los ojos a Tigris, y enseñándole el dado dijo:

—Veamos quién irá con Alí.

Agitaron los dados en las manos, sin quitarse los ojos de encima. La tensión se podía cortar con un cuchillo, y el silencio fue roto por el graznido del cuervo que regresaba revoloteando al hombro de Reik. Lanzaron los dados al mismo tiempo al centro de la mesa, se estrellaron, siendo despedidos hacia los bordes. Rotaron fuera de control, golpeando contra las jarras, regresando al centro y deteniéndose al mismo tiempo.

—¡Cuatro y cinco! —celebró Rudis, sacudiendo la mesa al dejar caer las manos al mismo tiempo—. ¡Daan es el vencedor! Por lo tanto Tigris paga la cerveza.

Tigris se acercó discretamente a Wombat, susurrándole al oído:

—¿Puedes colocarlo a la cuenta? luego lo pagaré con intereses.

—¡Por Enssus, amigo! —espetó el tabernero encogiéndose de hombros—. Bueno, no tengo otra alternativa.

—Alí, te acompañaré —afirmó el brujo aferrando al guerrero del antebrazo.

El caballero no supo qué decir. Por un lado le alegraba inmensamente que Daan fuese su compañía, pero por otro lado le intrigaba con qué podrían encontrarse. Charrán resultaba ser un hombre intimidante, lo que no significaba que fuera de confianza. Nada más restaba depositar la seguridad en manos de los dioses.

# Capítulo 18

## Caza nocturna

Al caer el crepúsculo, Alí salió de la ciudad en compañía de Daan. Charrán los esperaba frente a las puertas de Vulcania, montado en un imponente corcel azabache de hinchados y poderosos músculos, algo inusual en los caballos ordinarios. Pero aquella bestia debía pertenecer a otra raza de equinos, o tal vez era cruza de changras, una raza de caballos gigantes nativa de Manglares en los dominios de la tierra señorial de Pradera. El hombre cargaba un lanzador de arpones a la espalda, una ballesta que se insinuaba en la apertura del abrigo, y un par de estiletes que se asomaban en la apertura de sus botas. Sin duda estaba preparado para enfrentarse al dragón

El mercenario los observó detenidamente, y centrando su atención en Daan, quien se desataba el caftán, preguntó:

—¿Solo una montura?

—No requiero de montura alguna.

Dicho esto el brujo cambió a su forma animal, quedando sobre sus cuatro patas junto a Alí. Charrán se acomodó el sombrero al tiempo que esbozaba una pronunciada sonrisa.

—Un antropomorfo, buena decisión, jovencito.

—Gracias —le correspondió el cumplido Alí mientras montaba su caballo—. ¿Nos vamos?

—¿No olvidas algo?

—Cierto, el dinero —dijo Alí extrayendo el saquillo de monedas—. Ahí está, puedes contarlas para verificar que esté todo.

El cazador atrapó el saquillo y sin pensarlo, lo guardó en uno de los profundos bolsillos del abrigo. El guerrero lo quedó mirando perplejo pues ni siquiera se molestó en cerciorarse de que se hallaban los cien dracos de oro.

—No es necesario. Me diste tu palabra, y no creo que esta valga tan poco como para que me engañes con el contenido, ¿no crees?

Alí se encogió de hombros.

Charrán desvió la vista a un costado, y luego de palpar la ballesta como si quisiera cerciorarse de que permanecía en la posición correcta, espoleó a su caballo y dio inicio a la marcha.

La noche estaba fría, pero a pesar de esto, Alí prefirió vestir su armadura bajo el caftán. Los dragones eran inmensos, feroces y tenían aliento de fuego; razones más que suficientes para querer llevar la indumentaria completa.

Las monturas avanzaron a trote suave por el costado de los altos muros de piedra blanca, y cuando Charrán Hubo decidido el camino, azuzó a su corcel emprendiendo carrera hacia la cima de la Montaña roja. Alí hizo lo mismo, manteniendo la velocidad de Daan.

El terreno era irregular, duro y pedregoso. Esto ofrecía un ambiente complicado para la supervivencia de la flora. Con dificultad crecían en ciertos puntos arbustos y maleza que no se erguía más que unos pocos centímetros del suelo

Cuando asomó la luna sobre sus cabezas, ya pisaban una pequeña explanada, donde Charrán desmontó. Era un punto perfecto para encontrar indicios de dragones y saber hacia dónde seguir.

Si bien gran parte de la montaña estaba seca, en algunos sectores como aquel se exhibían bellísimos oasis. Desde la cúspide caían pequeños torrentes de agua de lluvia que alimentaban los pequeños parches verdes y daban vida a profundos valles de la zona, sitios idóneos para que los dragones bajaran a beber y cazar.

Daan regresó a su forma humana y se acomodó el caftán, y Charrán se paseó por el entorno, oteando minuciosamente el suelo en búsqueda de evidencias que revelasen la presencia de dragones.

—Mmm, Aún estamos lejos de sus dominios —anunció el hombre quitándose el sombrero.

—¿Y esas marcas? —preguntó Daan, señalando huellas de garras cerca de los pies de Charrán.

El mercenario pasó la punta de la bota entre las marcas, tratando de determinar el ser que las pudo dejar y su tamaño.

—Tu camarada busca un dragón negro adulto, y estas marcas las dejó un ejemplar joven. Por la distancia entre dedo y dedo, puedo determinar que tendría unos dos o tres metros de largo, y el que buscamos debería ostentar cinco o más. Sigamos subiendo.

Escalaron por un tortuoso sendero que los condujo hasta un claro donde no pudieron avanzar más. Frente a ellos había un grupo de extraños humanoides que daban la impresión de ser eslabones perdidos entre un hombre y un dragón. Los colosos de dos metros o un poco más, portaban armaduras de tonalidad rojo fuego engalanadas con brillantes zafiros. Los grupos se contemplaron en silencio. Solo se escuchaba el murmullo del viento y el roce de las hojas de los árboles y las ropas.

El líder de estos seres era el único que mostraba alas coriáceas acabadas en afiladas garras. Se aproximó espada en mano deslumbrando al grupo con su imponente porte. Charrán le hizo frente pese a que estas criaturas eran mucho más altas que un hombre corriente.

El silencio solo se interrumpía por el cantar de los grillos y, de vez en cuando, por los resoplidos de estos extraños humanoides. Pero el cazador se quitó el sombrero, lo colgó de la brida y tras acomodarse los ondulados cabellos cobrizos con la mano, dijo con voz cordial:

—Desconocía que un grupo de Dragonia se movilizara en la zona.

—Nuestros movimientos no son para que se enteren los humanos —dijo el líder, descansando la hoja de la espada en el hombro—. La cuestión es ¿qué hacen ustedes en los dominios de mi señor Agnimazud?

—¿Agnimazud? ¿El rey del fuego? Ignoraba que estas tierras le pertenecieran.

—Ya lo sabes. Ahora, por lo tanto, den media vuelta y márchense de aquí.

Alí se acercó, seguido muy de cerca por Daan.

—Por favor, permítanos internarnos en los territorios de su señor —les imploró Alí, bajando la cabeza—. Necesito encontrar a un dragón negro adulto.

Charrán desvió la mirada y el líder del escuadrón resopló.

—Por favor, se lo suplico…

—No —respondió tajante el capitán—. Retírense de este lugar o me veré en la obligación de alzar las armas contra ustedes.

—¿No existe otra opción? —preguntó el guerrero haciendo ademán de coger la empuñadura que sobresalía por detrás de su hombro.

El líder volvió a resoplar, y al cruzar su mirada con la de Alí comprendió la determinación que lo embargaba. Supo que si se continuaba oponiendo, se desencadenaría una batalla.

—¿Pelearías para continuar?

Alí no dio un paso atrás si no que, desenvainó consciente de lo que esto significaba. Daan y Charrán lo contemplaron con cierto respeto, puesto que para hacer frente a las tropas de Dragonia se tenía que tener valor.

—Tienes corazón, muchacho, y yo, Traijon, capitán de la guardia de mi señor Agnimazud, me enfrentaré a ti —anunció el líder, blandiendo el acero por sobre los hombros—. Y si me derrotas, que será imposible, les permitiré continuar.

—Joven, podemos buscar en otro lugar —dijo Charrán, preocupado por el resultado de la lucha.

—Alí, escucha al cazador, por favor ¡Retráctate!

—No —se impuso decidido Alí—. Yo soy Alí de Terra, fiel guerrero de mi señor Michael, y no daré marcha atrás.

—Debo admitirlo, el chiquillo tiene agallas —se dijo Charrán cruzándose de brazos—. Será un duelo interesante.

Daan apretó los dientes y los puños. Temía que Alí no tuviese la capacidad suficiente para hacerle frente a esta criatura y pereciera en el intento.

Traijon se aproximó precavido tratando de reducir al joven con su estatura lo más posible, pero como la intimidación no daba resultados, atacó. Lanzó la primera estocada de izquierda a derecha en línea recta buscando separarle la cabeza del cuerpo, y el guerrero lo evadió sin problemas. Luego se abrió paso, propinando un corte de abajo hacia arriba que el dragoniano paró con el guantelete de la mano izquierda. No obstante esto no se detuvo allí. Como Alí era más pequeño, sus movimientos se potenciaban en gran manera con la velocidad, castigando el antebrazo de la criatura en repetidas oportunidades hasta que la pieza de metal raro cedió, agrietandose.

—Se sirve de la velocidad —comentó para sí mismo Daan respirando más aliviado—. ¡Es perfecto! El tamaño les entrega cierta superioridad a los dragonianos, pero si confrontan a un enemigo más pequeño, armado con la experiencia de un caballero a los servicios de un señor de las seis tierras como el caso de Alí, la fuerza bruta es la peor estrategia.

Traijon apartó al guerrero con un golpe de guantelete. A continuación estremeció el suelo con el taco de la bota derecha, generando la distracción apropiada para cortar a su rival en dos. No obstante, al dejar caer la pesada hoja sobre su presa, Alí se corrió a un lado al tiempo que oía cómo el metal penetraba la tierra.

Aprovechando la ventaja, el guerrero se dio impulso pisando la hoja de la espada que había quedado clavada en tierra, irrumpiendo en el centro de la guardia del líder. La acerada hoja del guerrero estuvo a centímetros de lastimarlo, pero la manaza del coloso lo golpeó en el centro del abdomen aventándolo por los aires para que se estrellara a seis metros más allá del contrario.

El capitán apretó la empuñadura de la espada con ambas manos y la elevó por sobre la cabeza, pero cuando se prestaba a emprender carrera a rematarlo, una voz imponente lo contuvo:

—¡Detente, Traijon!

El capitán dejó caer el acero y sus soldados se estremecieron.

Daan y Charrán se quedaron de piedra al oír esto, y cuando dirigieron la mirada hacia atrás del grupo de Dragonia, advirtieron que se acercaba un majestuoso dragón. Este gigantesco ejemplar, que superaría los tres metros de alto, apartó a los soldados de una furibunda mirada.

—Pero, ¡mi señor!

—¡Silencio, Traijon!

Alí se incorporó a duras penas, y fue recorrido por un escalofrío al contemplar con sus propios ojos a este dragón.

Al igual que los soldados, esta criatura vestía una elegante armadura que le resguardaba desde el cuello hasta la punta de las patas, adornada por relucientes zafiros. En el centro de la cabeza y por sobre los ojos dorados, brillaba un precioso ópalo de fuego provisto de tal vida que realmente parecía guardar una llama en su núcleo; junto a esta gema se alzaban un par de cuernos que se encorvaban ligeramente hacia atrás. De sus hombros nacían cuatro alas membranosas que presentaban vestigios de plumas a parte de las relucientes escamas. La imponente criatura centró sus pupilas en el guerrero, sin conseguir intimidarlo.

—¿Alí, verdad?

—¡Así es!

El dragón resopló, expulsando volutas de humo por los hoyuelos.

—Mi nombre es Agnimazud, Alí, y esperaba que llegaras pronto a mis dominios.

—¿Me esperabas? —se mostró desconcertado el guerrero.

El rey de fuego asintió, plegando las descomunales alas a sus flancos.

—¿De dónde me conoces, Agnimazud?

—Joven Alí, los cuatro reyes del mundo conocemos a cada criatura viviente. Para mí no es un secreto tu identidad.

—¿Y por qué me esperabas?

Gor se asomó por el bolsillo de Alí. La pequeña criaturilla había permanecido retozando sin prestarle mayor atención a los acontecimientos del exterior. Cuando Agnimazud reparó en el animal mágico, encogió las patas traseras, bajando la cabeza, quedando a menos de un metro del joven.

—Un gaoru, veo que nunca has estado en verdadero peligro, joven Alí; estos animalitos son los guardianes perfectos.

—¿Agnimazud, por qué me esperabas? —le repitió la pregunta Alí, guardando la espada.

El rey de fuego gruñó, regresando a su posición anterior.

—Porque te mintieron, Alí. La forma de terminar con el ritual de resurrección no es con la sangre tibia del corazón de un dragón, solo requieres de sangre de mi especie, pero puede estar en cualquier condición.

—¿Cómo? ¿Baltasar me engañó en todo?

—En todo, joven. Y lo peor de todo, es que la gente del mar no se tomó de buena forma la extraña desaparición de Coral. Piensan que los habitantes de Terra son culpables.

La piedra preciosa en la frente del rey del fuego liberó un fulgor, haciendo aparecer una botella de cristal que contenía sangre, en las manos de Alí. El guerrero se sorprendió, mirando directamente a los ojos al monarca.

—Es mi sangre, Alí. Es el ingrediente que te falta para volver a la vida a Coral. Ahora regresa a la capital de Terra lo antes posible y detén la guerra que se ha alzado. Neptavis, el emperador de Oceanía ha usado como excusa la muerte de la sirena para comenzar con el asedio en la superficie, y no hay nadie que le impida dar su siguiente paso.

—Pero, Agnimazud...

Alí se quedó con la palabra en la boca, puesto que el rey del fuego y sus súbditos se desvanecieron en la brisa de la noche.

—¡Agnimazud!

Daan y Charrán se acercaron, consternados con lo ocurrido.

—¿Tienes que regresar a Terra? —preguntó Daan, deseando confirmar lo que había escuchado.

Alí asintió.

—Bueno, creo que mi labor acabó —señaló Charrán, acomodándose el sombrero—. No hubo cacería, sin embargo conseguiste lo que buscabas.

—Acompáñame a Terra —dijo Alí, metiendo la botella con sangre en uno de los bolsillos—. Si la gente del mar nos declaró la guerra, mi hogar debe ser una zona peligrosa y voy a requerir de todos los aliados que pueda reunir.

—¿Qué gano yo?

—En mi arca guardo dos mil dracos de oro, si me ayudas, la mitad será tuyo.

—Pero, Alí —musitó Daan, desconfiado—. Sabes que Tigris y yo pelearemos a tu lado.

—Cuento con eso, Daan; pero necesitaremos de todos los camaradas posibles.

—Perfecto, con mil dracos de oro me doy por pagado —indicó Charrán, extendiendo la mano para sellar el trato.

Luego del apretón de manos, subieron a sus monturas, cabalgando de regreso a Vulcania.

# Capítulo 19

## Batalla en el bosque

El regreso a la ciudad fue mucho más rápido al ir en bajada. Como la guerra ya estaba sobre Terra, cuando los primeros rayos del sol tocaron Vulcania, Alí, Charrán, Daan, Reik y Tigris emprendieron el camino hacia Tierra Negra. Un poco más de cuatro días los separaban de su hogar, y los guerreros, a pesar de ser los más lentos, se fijaron la obligación de azuzar lo más posible a las monturas.

Descansaban únicamente de noche, tiempo que Alí y Gor empleaban para entrenar duro. Sin que se dieran cuenta todo el esfuerzo comenzó a dar frutos: manipular la energía ya no era tan complicado para el guerrero sino que dominaba el ampliar y disminuir el aura en la segunda noche. No obstante, en el transcurso del tercer día de viaje, cuando les restaban horas para salir del Bosque Espectral, fueron sorprendidos.

Los árboles retorcidos se encontraban más distanciados, lo que les permitía distinguir la posición del sol. Por esto lograron determinar que apenas pasaba del mediodía. En el ambiente únicamente se oían ruidos fantasmales de criaturas ocultas entre las ramas de los árboles o los arbustos de misteriosas formas. Entonces un estruendo seguido de un poderoso destello dorado golpeó a Charrán, Daan y Tigris, quienes dirigían el camino. Los tres se desplomaron ante los ojos atónitos de Alí y Reik, quedando tirados inconscientes.

El gigantesco corcel del mercenario relinchó asustado y se metió por entre la arboleda sin un rumbo fijo, aplastando la vegetación menor y rompiendo las raíces que afloraban en la superficie. Alí y Reik se encontraban desconcertados. Los relinchos de la bestia desorientada los estremecían. Podrían atraer tantas amenazas distintas en aquella zona donde abundaban espíritus y demonios, pero gracias a la bendición de los dioses aún no se habían manifestado.

Las monturas cocearon asustadas y sus jinetes estuvieron a poco de caer. Sin embargo, recuperaron el control de las mismas gracias a la influencia de Gor que se asomó desde el bolsillo de Alí.

—¿Qué sucede, Gor? —preguntó Alí rozando con los dedos la empuñadura de la espada.

El cuervo que venía posado en el hombro de Reik se inquietó. Graznaba y agitaba las alas como si se aprontara un acontecimiento realmente malo.

—No sabría qué responder, Señor, se trata de una energía oscura.

—¿Algún ser maligno?

—No, señor, más bien parece energía humana.

De los árboles del frente surgió un destello que alcanzó a Reik y al ave, precipitándolos del lomo de la bestia. El equino se incorporó en sus cuartos traseros relinchando aterrado. Gor hizo todo lo posible para contener al animal, pero no lo consiguió, el caballo tenía sus sentidos nublados a causa del miedo, perdiéndose entre los árboles, en la misma dirección que el de Charrán, sumándose a los lamentos.

Alí desmontó espada en mano mediando por la seguridad de su escudero. Reik se hallaba inconsciente, mientras que el cuervo yacía muerto.

—Ay, no. Reik se querrá morir —se dijo Alí tanteando el cuerpo inerte del plumífero.

El suceso se repitió, aunque en esta oportunidad Gor bloqueó el ataque con un campo de fuerza, para luego responder de la misma forma. De la arboleda que se extendía enfrente apareció un hombre encapuchado, que desvaneció el hechizo del gaoru con ayuda de una varita de cristal.

Al visualizar al atacante, Alí supo quién era, y sin temor alguno lo encaró:

—¿Qué quieres esta vez, Baltasar?

—Alí —siseó el nigromante, empujándose la capucha hacia atrás—. Tanto tiempo sin vernos.

—¿Qué buscas? —lo confrontó directamente el joven.

—Te ofrecí mi ayuda ¡y la rechazaste!

—Me mentiste, Baltasar, ¡solo querías cumplir con tu propósito!

—Ambos nos beneficiaríamos. Tú conseguirías estrechar a la sirena ¡y yo saborearía el elíxir de la vida eterna! Pero no, lo hiciste a tu manera ¡y me fallaste!

Del extremo de la varita de cristal escaparon centenares de relámpagos que convergieron en un solo rayo. Al entrar en contacto con el campo de fuerza de Gor se desató una poderosa explosión, desvaneciéndose ambos conjuros a la vez.

—Y como no pude conseguir mi propósito ¡tú tampoco lo alcanzarás!

El hechicero arrojó un puñado de monedas de plata hacia Gor, que con la varita transformó en una red, reduciendo a la criatura. Sin importar los hechizos que el gaoru invocara no se libraba de su prisión. Por alguna razón la red absorbía la magia.

—No te resistas. Las monedas ocultan escamas de dragón dorado, el compuesto perfecto para privar a los seres mágicos de su poder.

Alí blandió el acero presto a proteger al gaoru, esperando ganar el tiempo suficiente para que se quitara la red de encima. Al ver esto Baltasar dejó escapar una sonora carcajada.

—¿Crees poder detenerme con la espada, Alí? —se mofó el hechicero.

—Aún no lo sé, pero de todos modos ¡te enfrentaré!

De la punta de la varita aparecieron centenares de chispas, y cuando Baltasar la agitó en dirección del guerrero surgió una oleada de energía dorada que sin piedad castigó la coraza y lo impulsó hacia atrás y lo arrastró por entre los árboles casi seis metros.

Alí se incorporó adolorido, notando que no solo el caftán estaba quemado en el pecho. El peto se apreciaba abollado y chamuscado en algunos puntos, como si el acero no fuese más que cuero u otro material ligero.

—No tomes la magia a la ligera, son fuerzas que no comprendes, Alí —anunció Baltasar, caminando a paso lento hasta el guerrero.

Otro rayo lo golpeó en el costado izquierdo. El caballero rodó por el suelo, con un dolor desgarrador. Seguramente el ataque le había costado varias costillas, y respirar se le dificultaba. Quedó boca arriba, contemplando impresionado que de su coraza emanaba humo negro. Se sostuvo con los brazos temblorosos, y desesperado trató de buscar la ayuda de Gor, siendo embargado por la angustia al notar que el animalito seguía sin poder liberarse.

Alí se preocupó por la sangre de Agnimazud, y al sacarla del bolsillo se dio cuenta de que estaba intacta. Pero si seguía siendo agredido de esa forma, tarde o temprano la botellita se rompería perdiendo el valioso líquido que se alojaba dentro. Por lo tanto tomó la decisión de arrojarla a un costado entre los arbustos. Si llegaba a sobrevivir en esta lucha la buscaría después.

—Gor —masculló Alí, tratando de levantarse—. Con gran suerte respiro, pero quizás la magia me sane.

—¡Mi señor, use lo que ha aprendido! —profirió Gor, agotado por el desgaste mágico.

Queriendo usar todas las armas a su disposición, Alí concentró su atención en el flujo de energía llevándolo a su costado.

Satisfactoriamente el dolor fue menguando, y respirar ya no se le dificultaba; entonces, con la mente más despejada, recordó su encuentro con Vahal. Él le había dicho que podía emplear la energía para hacer sus golpes más devastadores, y si conseguía traspasar parte de este poder a la hoja de la espada, el combate podría dar un giro rotundo.

Una vez en pie, se preparó para la siguiente arremetida del nigromante sosteniendo la espada cruzada al frente.

—¿Por qué no te rindes? —Inquirió Baltasar sorprendido por la resistencia de su rival—. Puede ser que un animal mágico te esté enseñando la magia, pero los avances que puedas obtener en un par de días no serán suficientes para hacerme frente.

—Podrías estar en lo correcto, Baltasar, y quizás solo estoy alargando mi vida, ¡pero no me doblegaré!

Baltasar apretó los dientes, y esperando terminar con el joven en su próximo conjuro, arrojó un puñado de cenizas, que con la varita transformó en fuego. Alí ya sentía el calor. No obstante se propuso mantener la concentración, y de la mano que blandía el hierro comenzó a emanar un flujo de energía que se fusionó con el metal. Agitó la espada casi como si se tratase de un callado, y al entrar en contacto con las llamas la magia se manifestó como un campo de fuerza plateado que desvaneció el hechizo.

El nigromante se quedó de piedra. ¿Cómo podía ser posible que un guerrero ordinario empleara semejante poder mágico? ¡No era posible! Para el uso correcto de la magia se requerían años de experiencia ¡y él solo llevaba un par de días! Aunque el poco manejo de la energía había fulminado las fuerzas de Alí, y ahora el guerrero se mantenía en pie tembloroso, soportando el peso al clavar la espada en el suelo.

—Lo sabía —se jactó Baltasar—. Tu cuerpo no está acostumbrado aún. Ya estás acabado.

Oleadas de resplandores se dirigían desde Baltazar a dar por concluida la batalla. Pero bloqueando el cansancio, Alí contraatacó desviando el golpe hacia la izquierda. Esto incineró la maleza circundante, además de una porción importante de los troncos de dos árboles que se retorcieron desplomándose. El joven guerrero quedó con la rodilla en tierra, propinando un mandoble a al centro de la nueva masa energética a poco de aplastarlo, estallando al contacto con el suelo.

—Aún no. Esto acabará cuando dé mi último suspiro.

—¡Qué fortaleza! aún no concibo cómo pudiste responder a mis ataques ¡deberías estar muerto!

Baltasar apretó los dientes, y llevando su mano adelante invocó un lanzallamas, con el que guardaba la esperanza de aplastar a su rival. No obstante Alí arremetió con un corte de abajo hacia arriba, disipando el fuego, casi como si la hoja de acero se hubiese devorado la magia elemental. Sin embargo esto mermó la vitalidad del caballero, que acabó arrodillado evitando quedar tendido a lo largo del suelo sujetándose con las manos.

—Maldita sea —farfulló Alí—. Apenas siento los dedos ¡y las punzadas en los músculos son insoportables!

El hechicero se acercó saboreando la victoria, y de un puntapié en la barbilla del muchacho lo dejó tirado de espalda. La sangre le caía por las comisuras de sus labios, los miembros le temblaban y el calor de sus carnes se desvanecía segundo a segundo.

—Esto es para que aprendas a no desafiar a un manipulador de la magia. Ahora terminaré con tu sufrimiento.

De la varita surgieron destellos. El fin del guerrero estaba a un paso. Sin embargo, en un costado apareció Vahal, que golpeó a Baltasar en el abdomen empleando su estilo único de magia haciendo que se retorciera y que vomitara sangre.

Acto seguido le golpeó la barbilla hacia arriba, y le repitió el castigo en el abdomen, para luego aventarlo más de veinte metros por entre la arboleda.

—¡Alí! —Profirió el dios corriendo hasta el joven—. Lo siento mucho, no quise intervenir antes. Pensé que lo podrías derrotar...

Alí consiguió respirar aliviado, y cuando Vahal le quiso prestar ayuda, le dijo:

—Gor, y los otros...

—¿Qué? Alí, no estás bien, déjame otorgarte un poco de mi energía al menos.

—No. Vahal, ellos primero, yo puedo esperar.

El dios maldijo en silencio y se guardó lo que quería decirle al guerrero. Se preocupó de cada uno de los caídos. Primero rompió la red que mantenía preso a Gor con sus propias manos, y luego revisó a Charrán, Daan, Reik y Tigris, asegurándose de que estuviesen fuera de peligro. Entonces, cuando regresó con Alí, el joven cayó inconsciente, azorado por el desgaste físico y mágico.

Gor se incorporó fatigado y trastabilló hasta donde estaba el guerrero.

—¡Mi señor!

—Tranquilo, pequeño, aún vive.

Vahal le transfirió parte de su vitalidad, y al alzar la vista se encontró con un hombre mayor de mirada serena que cargaba un bulto a la espalda. Se aproximó lentamente, colocándose a horcajadas junto a la divinidad. El gaoru lo contempló con sus ojos repletos de esperanza, como si lo conociera de toda la vida.

—Ya hiciste demasiado por él, es tiempo de que me encargue yo.

—¿Quién eres?

—Mi nombre es Job, soy curandero.

Las manos del hombre palparon la frente y el cuello del joven buscando evidencia de que estuviese fuera de peligro. Entonces apoyó las palmas en el pecho del guerrero, emitiendo un aura plateada que paulatinamente comenzó a sanarle las heridas, restableciendo la salud de Alí. Vahal se hallaba sin palabras, puesto que no había podido observar un despliegue de energía tan inmenso y puro que se empleara para curar y no para matar.

Mientras Job seguía con su labor, el hijo de los dioses buscó por entre los arbustos la botella de cristal que el caballero se preocupó de cuidar, y al reconocer que el contenido era sangre, pero no cualquier sangre, se la enseñó al viejo.

—Es el ingrediente que faltaba para terminar el ritual.

—¿Sangre de dragón? —preguntó Vahal, totalmente ignorante de los acontecimientos.

Job asintió. A continuación se descolgó el zurrón que cargaba a la espalda, dejándolo en el suelo. El misterioso contenido se agitaba y retorcía, dando noción de que se trataba de algún animal, sin embargo cuando desató el cordón, dejando a la vista una masa negruzca e informe, que palpitaba y se agitaba, los ojos de Vahal se abrieron desmesurados.

—¿Qué es eso?

—Un homúnculo.

—¿Homúnculo?

Job rozó con la punta de los dedos la superficie irregular de aquella cosa.

—Un homúnculo es un cuerpo artificial, que cumple la función de contenedor para una esencia espiritual. Los nigromantes usan mucho estas formas para mantener con vida a sus esbirros y luego crear nuevos cuerpos.

—Bueno, imagino que Mehed tiene que saber más del tema, él estudia más a los humanos.

—Los dioses tienen sus propios asuntos en Azahat, no es de extrañarse que desconozcan ciertas prácticas. Vamos, tráeme la sangre, terminaré con el ritual.

—¿Sabías que era un dios?

—Así es. Las auras que envuelven sus cuerpos son inconfundibles.

—Vaya, Job, escondes muchas sorpresas.

El curandero sonrió.

Vahal le facilitó la sangre, y Job la vertió sobre el cuerpo. La consistencia del homúnculo reaccionó al contacto del líquido carmesí, revolviéndose con agresividad. Pero la esencia espiritual de Coral se conectó con el aura del hombre, y cuando la energía se desprendió de sus palmas no hubo más movimiento. El bulto desprendió resplandores y tomó lentamente forma humana. El fulgor subió de intensidad por lo que Gor incluyó su influencia, favoreciendo la transmutación.

Aquí Job reparó en un detalle importante. ¡Coral quedaría con piernas y no cola de pez! Le dedicó una mirada de soslayo al animal mágico, que compartía su inquietud.

El pequeño no contaba con suficiente fuerza. A pesar de esto aumentó la potencia, tratando que el ritual concluyera de forma satisfactoria.

Vahal permaneció anonadado, y cuando advirtió que el cansancio en ambos los superaba, cortó la conexión de las esencias con un chasquido de los dedos. Gor se desplomó de frente, cayendo en la inconsciencia, y cuando Job le siguió, las fuertes manos de alguien más lo contuvieron.

En donde hace un momento estaba la masa grotesca, ahora yacía el hermoso cuerpo de una mujer joven de cabellera dorada y delicados rasgos que delataban su procedencia marina, aunque carecía de cola. Vahal conectó las pupilas con el hombre que sostenía al curandero, y sintió paz al hallar su viva sonrisa.

—Qué rápido despertaste —dijo Vahal, al reconocer al hombre.

—Soy un brujo, juego con magia todo el tiempo. Será mejor que salgamos de aquí y preparemos el campamento.

—Sí, el Bosque Espectral es el sitio que más me desagrada hasta ahora.

El brujo cargó sobre su hombro a Job, y acomodando sus largos cabellos detrás de las orejas comentó:

—Créeme, hay sitios peores

—Uf, no pongo en duda eso. ¿Quién mejor que ustedes para juzgar el mundo mortal?

—Vamos, aprovechemos la tarde. Cuando caiga la noche será más complicado.

El dios se encogió de hombros.

Con el ataque de Baltasar las monturas se habían perdido por entre los árboles espectrales, quedando a merced de los instintos asesinos de los seres que patrullaban en aquel territorio en busca de presas. Por lo tanto, tuvieron que cargar a los que aún seguían inconscientes y seguir la marcha.

Como Charrán despertó en poco tiempo, apoyó en la labor, aminorando la carga. Así, antes del atardecer ya estaban en la zona boscosa que delimitaba con Selenita, capital de Terra, un sitio idóneo para armar el campamento.

# Capítulo 20

## En el principio

Al anochecer los grillos se oían por todos lados, pero la fatiga había huido de sus carnes. Alí despertó exaltado y se sentó de golpe. Se hallaban en un claro donde se observaban los preciosos matices de la zona boscosa de su amada Selenita, ya no entre los fantasmagóricos árboles del Bosque Espectral. Junto a él crepitaba una fogata, y del otro lado de la misma lo observaba Gor. El animalito se llenó de júbilo al cruzar su mirada con el guerrero.

—Mi señor, el viejo Gor está feliz de ver que está despierto.

—¿Cómo están los otros, Gor?

—Mucho mejor, mi señor.

—La energía que los golpeó fue devastadora —lo interrumpió una voz procedente de atrás—. Pero gracias a Gor y a mis habilidades ya están fuera de peligro.

Alí se giró encontrándose con Job que se acercaba con una pila de maderas para la fogata.

—¿Cómo estás, muchacho? Jamás se me pasó por la cabeza que podrías terminar esta misión en menos de tres semanas. Es más, te soy sincero, llegué a pensar que demorarías más de un mes.

Alí se incorporó, furioso. Si bien en otras circunstancias el ver al curandero lo tranquilizaría, todas las cosas que se fueron revelando en el camino, en especial el hecho de que era un hechicero, lo sacaban de sus cabales. Sin embargo, al ver que se aproximaba Daan, meditó muy bien lo que diría. Tal vez Job ya se había enterado de la muerte de Ereck, y una discusión no sería correcta.

—¿Ya supo de Ereck, lo que ocurrió con él? —preguntó Alí, apesadumbrado.

—Sí, ya hablamos del tema —musitó Job dedicándole una mirada de soslayo a Daan—. Sé que falté a mi palabra, pero él supo comprender.

—¿Quiere decir que?

—Así es, Alí, yo soy Ereck —respondió el brujo apretando en su puño el tótem del tejón—. Cuando me volví un miembro de Tierra Negra, cambié mi nombre a Daan.

—Pero, ¡tú dijiste que Ereck estaba muerto! ¡No entiendo!

—Y lo estaba —continuó diciendo Daan—. Cuando me di cuenta que Job no regresaría, realmente morí, Alí. Y decidí ser alguien nuevo, despojándome de todo vestigio que me acercara a Ereck de Isla Tromba el curandero.

Eso no resultaba simple de digerir. No obstante, el que Daan fuese Ereck respondía a muchas cosas, en especial a su firme decisión de mantenerse a su lado. Entonces reparó en la presencia de alguien que no vio al despertar y que yacía recostado a un lado de la fogata. Intercambió miradas con Job, y cuando el curandero se encogió de hombros, Alí se acercó al improvisado lecho.

Su corazón latía rápidamente, y por momentos tuvo la impresión de que se escaparía de su pecho. Y la vio. Allí estaba ella, su amada Coral, dormida sobre un jergón de hojas secas cubierta hasta el cuello con el caftán gris de Daan. No supo cómo, pero las lágrimas que durante todos estos días no habían brotado de sus ojos, se derramaron como manantial, en especial al estar de rodillas junto a ella y volver a enredar sus dedos entre los dorados cabellos de la sirena.

—Al parecer tus emociones fueron más fuertes que la pócima —comentó Job colocándose junto al caballero—. Vahal recogió el recipiente que contenía la sangre de dragón, el último elemento que faltaba para cerrar el ritual de resurrección. Fue bastante inteligente ocultarlo entre los arbustos, debo reconocerlo.

—No podía permitir que se perdiera, era mi única esperanza para sacar su esencia del homúnculo.

—Así es, Alí. Fuiste muy valiente.

El joven se encogió de hombros, aún consternado con los últimos sucesos. A pesar del temor que lo embargó por un instante mientras combatía a Baltasar, no dio marcha atrás si no que continuó peleando hasta sucumbir de cansancio.

—Con mis conocimientos, complementados con la magia de Gor, restauré en totalidad el cuerpo de Coral, aunque...

—¿Qué ocurre? —se apresuró a preguntar Alí.

—Bueno, esto no es fácil. Creo que es mejor que lo veas por ti mismo.

Job deslizó a un costado el caftán dejando a la luz de las llamas la desnudez de la criatura. Así se reveló que ya no era un ser híbrido:  la mitad de pez ya no estaba, Coral era una mujer completa.

Alí apretó los puños impotente, repasando las extremidades inferiores de ella una y otra vez, como si no consiguiera convencerse del resultado final. A continuación el curandero la cubrió, y se incorporó.

—A pesar de los intentos, Gor no logró que la cola de pez sustituyera las piernas, lo lamento.

Dicho esto, Job se retiró, y Alí apoyó la frente en el pecho de su amada, conteniendo los sollozos lo más posible. A esa altura daba lo mismo la guerra entre Terra y la gente del mar. Su preocupación se enfocaba netamente en ella, su Coral, que al despertar y descubrir que no era más una sirena, quizás no lo toleraría.

De pronto ella comenzó a reaccionar, y cuando Alí iba a levantar el rostro, su mano le atrapó la barbilla, regalándole dulces caricias

 Esto lo reconfortó. Cuánto había extrañado el contacto de su piel, pero allí estaba nuevamente. Buscó la mirada de Coral, y al perderse en los infinitos océanos que eran las pupilas de esta mujer, el guerrero se sumió en tranquilidad. Ya no importaba nada, solo ella, el cantar de los grillos, el crepitar de las llamas, la infaltable luz de la luna que se insinuaba por entre los reducidos espacios que quedaban entre las ramas de las copas de los árboles, y ella, en especial ella, su Coral.

—Coral...

—Sí, Alí, estamos otra vez juntos.

El tiempo se detuvo para ellos, y olvidándose del resto, se besaron como si no existiese un mañana, como si fuese la última vez.

# Epílogo

*Templo De Las Profundidades, a las afueras de Oceanía.*

Abrió la gigantesca puerta doble de bronce con ambas manos, y Poseidra entró a paso firme en los aposentos de Bahrastos, el rey dragón del mar. Sus guerreros aguardaron en el exterior por temor a la reacción del señor. El vasallo cruzó a largas zancadas el espacio que lo separaba del trono de piedra y hierro donde reposaba el gobernador de las aguas contemplando furioso un cuenco de cerámica con piedras preciosas incrustadas en el que se reflejaban los sucesos de tierra firme. Allí estaba la costa de Terra siendo invadida por la gente del mar a lomos de dragones de arrecife, guiados por los despiadados generales de Neptavis. La piedra agua marina incrustada en la frente del rey resplandeció con fuerzas, tal vez por la impotencia que embargaba al monarca.

—Mi rey, vine inmediatamente al oír las noticias de la superficie —anunció Poseidra deteniéndose a unos cuantos metros del trono.

Bahrastos arrojó el cuenco a un costado y lo rompió en pedazos al estrellarse en el suelo, cerca de una estatua de cristal que representaba a Enssus de pie. Bajó de su trono batiendo los dos pares de alas y estremeciendo el piso de mármol mágicamente cristalizado. Dedicó una mirada de soslayo a los dragonianos de la entrada y con voz firme preguntó:

—¿Mis hermanos están al tanto de esto?

—El rey del fuego se dirige a Andros. De sus otros hermanos no se ha sabido nada, señor. Probablemente permanezcan en la ignorancia.

—Tenía mis sospechas de los movimientos de Neptavis, debí prestar más atención. Poseidra, organiza un grupo de guerreros, visitaremos Andros.

—Inmediatamente, señor.

El vasallo se retiró a cumplir la orden mientras Bahrastos contemplaba la imagen del altísimo. Durante milenios habían peleado para que las guerras cesaran, pero una vez más se cernía la sombra de la muerte en el mundo mortal. Le pareció ver una lágrima caer del ojo derecho del padre.

No le costaba compartir ese dolor pues los cuatro reyes dragones tenían la misión de velar por cada uno de los seres vivientes y ser intermediarios con los dioses ¡era su creación! y aunque los padres ya no imponían su influencia jamás los abandonaban.

Furibundo , Bahrastos dejó sus aposentos cerrando a su espalda la colosal puerta de bronce con inscripciones de dragones ancestrales

# APÉNDICE

Los territorios, el panteón o los animales ficticios son creaciones propias. Solo las distintas razas de dragones guardan semejanza con otras novelas, por lo que tomé la decisión de añadirles características únicas, al igual que otras propiedades en diversas partes de sus cuerpos como la carne, escamas, garras, huesos, etcétera; entregando un matiz diferente.

**Agnimazud:** Rey dragón del fuego. Al igual que sus hermanos restantes cumple la misión de servir como intermediario entre los dioses y los seres mortales. Sus dominios se extienden por toda las tierras altas desde Terra hasta los límites entre Escarcha y Glaciar.

**Ahan:** Diosa menor.

**Albert:** Portero de la taberna de Vulcania.

**Alí de Selenita:** Fiel guerrero al servicio de Michael, señor de Terra. También es el nombre que Reik le dio a un cuervo en honor a su amigo.

**Antropomorfos:** son hechiceros que provienen de Cárcava o Tierra Negra, dos aldeas ocultas en donde se enseña el uso de la energía de la naturaleza para invocar la magia. La gran característica de estos brujos, como son denominados por las tribus aborígenes, es su habilidad para tomar apariencias animales determinadas por el tótem que es entregado a los quince años, cuando alcanzan la mayoría de edad. Generalmente el animal totémico pasa de generación en generación. Rara vez hechiceros de otras tierras pasan a formar parte de los antropomorfos teniendo que dejar sus vidas atrás y acogiendo un nuevo nombre.

**Azahat:** Es el paraíso en donde habitan los dioses y donde los muertos encuentran el descanso eterno. Estos parajes no se diferencian demasiado del mundo mortal, ya que también se encuentran divididos por territorios, manteniendo distintas condiciones para sus residentes.

**Bahrastos:** Rey dragón del mar. Al igual que sus hermanos restantes cumple la misión de servir como intermediario entre los dioses y los seres mortales. Sus dominios se extienden el espacio que abarcan los fondos marinos.

**Baltasar:** Concejero, hechicero y nigromante de Michael, el señor de Terra.

**Brand:** Jefe de un grupo de bandidos.

**Bron:** Antropomorfo con la capacidad de tomar la apariencia de un toro negro. Fue oponente de Daan en el torneo de Tierra Negra.

**Caballo bicéfalo:** Una especie de equino muy particular puesto que sus dos cabezas gemelas no son la única característica singular, sino también su misteriosa dieta carnívora y su alto raciocinio. Suelen habitar bosques, aunque muchos de estas criaturas prefieren compartir espacio con los humanos para conseguir alimento rápido y seguro de los animales de corral.

**Cañón De Los Conocimientos:** Situado a las faldas de la Montaña De Los Mitos, manteniendo al oeste el mar, y al suroeste la Montaña Roja, esta localidad se mantiene en secreto para la mayor parte del mundo, siendo una zona habitada únicamente por bárbaros que luchan día a día por sobrevivir resguardándose en complejas construcciones sobre los árboles que gracias a su crecimiento superior, a comparación de otras localidades del mundo, brindan un ambiente especial para llevar vidas en las alturas de los árboles.

**Cárcava:** Aldea habitada solo por antropomorfos, ubicada en el límite sur del Bosque Espectral junto al Río Rojo

**Changra:** Equinos con cuerpos colosales presentes solo en la localidad de Manglares. Tal como los caballos ordinarios, presentan un pelaje a ras de piel además de la típica crin. Sus tonalidades solo son oscuras, desde café chocolate, hasta el azabache. Poseen cuerpos robustos y musculosos.

**Charrán:** Mercenario encontrado en Vulcania. Alí solicita su servicio como cazador de dragones y se une al viaje.

**Coral:** Sirena proveniente del imperio marino Oceanía, amada por Alí.

**Daan:** Brujo antropomorfo que tiene como tótem guardián al tejón.

Danza de fuego: un combate en donde solo participan mujeres que buscan la bendición de Dessus, la madre creadora, empleando técnica y magia al ritmo de tambores, acompañados por la dulce melodía de flautas.

**Darius:** Antropomorfo con la capacidad de tomar la apariencia de un cocodrilo. Fue oponente de Tigris en el torneo de Tierra Negra

**Dessus:** Diosa madre creadora. Encabeza el panteón junto con Enssus.

**Doch:** Antropomorfo con apariencia de mapache esbirro de Rudis.

**Draco:** nombre que reciben las distintas monedas, tanto de oro como plata. Solo en ciertos lugares, en especial entre las tribus aborígenes se emplean dracos de cobre.

**Drago:** Señor de la tierra señorial de Glaciar.

**Dragonia:** Nombre que recibe la civilización de los dragones, situada en las entrañas de la tierra, justo abajo de los dominios de las tierras señoriales de Terra y Pradera. En este gigantesco territorio subterráneo habitan miembros de las cincuenta especies diferentes de dragones.

**Dragoniano:** Dragones humanoides carentes de cola y cuernos; solo en ciertos ejemplares se presenta la cola y alas. Al ser criaturas destinadas por los dioses a servir a los cuatro reyes dragón, son capaces de razonar y adoptar comportamientos y costumbres únicas que los alejan de ser animales ordinarios. Tal como los humanos aprenden oficios, son hábiles en la metalurgia. Habitan en distintos puntos de las tierras señoriales, asentándose en cañones, oasis o valles.

**Dragón de arrecife:** Pacíficos monstruos marinos que habitan en los arrecifes de coral, situados cerca de las orillas costeras, donde las aguas son más cálidas. Son criaturas sociales, capaces de convivir en colonias de hasta veinte integrantes, y no rehúyen a compartir con sirenas y tritones, sirviendo como medios de transporte al igual que los equinos en la superficie.

**Dragón dorado:** Místicos dragones con alto poder mágico. Solo habitan en las cumbres de Escarcha, y entregan sus conocimientos milenarios a los hechiceros de mayor estatus de cada tierra señorial. Sus cuerpos parecen estar recubiertos por escamas de oro puro, que resplandecen sin necesidad de los rayos del sol. Curiosamente, es la única clase de dragón que al igual que los ofidios puede cambiar su piel, lo que hace cada dos años.

**Dragón negro:** Una de las razas de dragón más comunes en bosques y montañas; muy rara vez se acercan a localidades ocupadas por los humanos. Son animales de alta inteligencia, llegando a convivir en un mismo territorio con más dragones de la misma especie. Por el lustroso color azabache de las escamas es que obtienen su nombre, siendo muy fáciles de reconocer en los frondosos bosques.

**Dragón verde:** Oriundos de las tierras del sur, acostumbrados a temperaturas bajo cero, son los dragones más fuertes. Capaces de cargar hasta ocho veces su peso, esta raza es usada como animal de carga por varias culturas del mar, ya sea para trasladar mercancía o para movilizar a grandes grupos de personas, en especial a cuerpos militares. Su nombre viene del color verde musgo de sus escamas, que es mucho más claro en el vientre y las extremidades.

**Elíxir de la vida eterna:** Un brebaje que tal como dice su nombre puede otorgar inmortalidad.

**Enssus:** Dios padre creador. Encabeza el panteón junto con Dessus.

**Ereck de Isla Tromba:** El nombre de Daan de Tierra Negra antes de volverse un antropomorfo.

**Escarcha:** Tierra señorial que comprende parte del centro sur. Es el territorio más grande después de Pradera.

**Escudo de la alianza:** Emblema que significa el acuerdo de paz entre las seis tierras señoriales firmado el año 9125. Es representado con seis espadas que forman una estrella.

**Fuego originario:** la primera llama del mundo mortal. Se encuentra encendida desde el principio del mundo, y permanece en Azahat.

**Gaoru:** Pequeños animales mágicos con apariencia de un gato doméstico. Caminan erguidos, poseen un pelaje frondoso y la cola es mucho más larga que sus cuerpos.

**Garrod, el alto antropomorfo:** El señor de Tierra Negra. Según las historias, el primer brujo.

**Glaciar:** La tierra señorial más distante hacia el sur, donde abunda el hielo.

**Gor:** Gaoru designado como guardián de Alí.

**Homúnculo:** Cuerpo artificial que se usa como contenedor temporal para un espíritu

**Hongo del espectro:** Crece en la base de los troncos de los árboles del Bosque Espectral. Su aspecto es bastante curioso, ya que pareciera ser un caparazón grisáceo con puntos naranjos. Tiene un tallo pequeño y delgado que se oculta bajo la coraza que, a diferencia de otros hongos, es mucho más dura para repeler a los insectos. Expele un aroma dulce que provoca alucinaciones y náuseas, siendo empleado como una droga bastante potente.

**Job de Isla Tromba:** Curandero y amigo de Alí.

**Liebre gris:** Similares en tamaño a las liebres ordinarias, este animal suele habitar zonas altas, siendo comunes en las cumbres y los altos picos de la montaña roja. Pese a su nombre presenta franjas negras que nacen en los ojos y llegan a la mitad del lomo, mostrando patrones mucho más oscuros con el paso de los años. Tanto en la punta de las patas, como en la punta de la cola, el pelaje es blanco, y en muy pocos miembros de la raza es negro.

**Magia podrida:** es la denominación que le dan a la magia tradicional los manipuladores de la magia que se sirven de las fuerzas naturales. Se caracteriza por el uso de implementos externos para canalizarla, como varitas de cristal; también es empleada con compuestos artificiales para ser potenciada, e incluso se usan espíritus o demonios para superar la energía promedio.

**Mehed:** Dios menor.

**Michael:** Gobernador o señor de Terra.

**Mariposas de luna:** Extraños insectos con la capacidad de generar luminiscencia con el batir de las alas. No se sabe con certeza si poseen glándulas, o es simplemente por las membranas de sus alas que se genera el resplandor; pero llegan a ser tan brillantes como los trou. Habitan en frondosos bosques y son recolectadas para entregar luz a recintos amplios, o como fuentes mágicas, ya que por una misteriosa razón estos insectos alados no pueden usar las impresionantes cantidades de energía mágica que conservan en sus cuerpos.

**Neptavis:** Emperador de Oceanía.

**Nina:** Joven muda abandonada a su suerte y adoptada por Daan.

**Numbat:** Asistente de la taberna ubicada a las afueras de Tierra Negra. Es el nombre de un marsupial australiano muy poco conocido que está en peligro de extinción (Myrmecobius fasciatus). Las descripciones que aparecen en el capítulo 11 son las características reales de este animal, a pesar de que en la novela se trate de justificar su apariencia con el argumento de la creación fallida de un tótem.

**Oasis:** La tierra señorial más distante hacia el norte.

**Oceanía:** El gran imperio del mar. Fue considerado reino hasta el año 9525, cuando pasó a ser imperio bajo la mano de Neptavis.

**Pach:** Antropomorfo con apariencia de mapache esbirro de Rudis.

**Palacio de las torres de plata:** La morada de los dioses.

**Poseidra:** Capitán de la guardia de Bahrastos, el rey dragón del mar.

**Poción niveladora de emociones:** es el nombre de una infusión burbujeante incolora e inodora que se usa para bloquear emociones, en especial la tristeza. Su efecto varía entre veinte a treinta horas dependiendo del organismo. Cuando se termina el efecto las emociones regresan de forma súbita, causando colapsos si el individuo no consigue mantener el control, y en sus peores casos puede arrastrar al suicidio.

**Pradera:** Tierra señorial situada al centro este del continente. Es el territorio más extenso y con más vida de Tierra firme.

**Primavera Eterna:** Es el paraje donde van a morar los humanos y ciertas razas de animales al momento de morir. Se caracteriza por asemejarse a una pradera siempre verde, y se extiende alrededor de cada uno de los distintos territorios de Azahat.

**Reik:** Escudero de Alí.

**Ritual de resurrección:** es el nombre que se le da a un conjuro prohibido en las seis tierras señoriales, en el cual el cuerpo del fallecido es incinerado con magia, luego se mezclan las cenizas con otros compuestos para crear un homúnculo que conservará el espíritu del muerto, a fin de devolverle la vida con sangre extraída directamente del corazón de un dragón.

**Roca primigenia:** la primera roca del mundo. En su interior se alojan fuerzas mágicas que se escapan de la comprensión de los seres mortales.

**Rocher:** Antropomorfo dueño de la taberna de Vulcania. Tiene la apariencia de un oso hormiguero.

**Rudis:** Comerciante de prostitutas, estafador, pillo y timador en las tabernas. Es un amigo cercano de Wombat. El nombre de este personaje fue tomado del nombre de la espada de madera que se les daba a los gladiadores romanos cuando conseguían la libertad.

**Selenita:** Capital de Terra. Humilde metrópolis dedicada al trabajo agrícola y la pesca, provista de extensos bosques.

**Tandris:** Dios menor.

**Templo de las profundidades:** Construcción acuática situada a las afueras de Oceanía donde reside Bahrastos, el rey dragón del mar.

**Tierra Negra:** Casi a las faldas de la Montaña Roja, en el punto más frondoso del Bosque Espectral, se encuentra esta aldea oculta, donde sus habitantes son brujos. Las viviendas son rústicas, resguardadas por árboles milenarios.

**Tigris:** Amigo cercano de Daan. Antropomorfo con la capacidad de tomar la apariencia de un tigre blanco.

**Traijon:** Capitán de la guardia de Agnimazud, el rey dragón del fuego.

**Trou:** Criaturas amorfas compuestas por millares de células capaces de desprender luminiscencia.

**Vahal:** Dios menor.

**Vulcania:** Llamada la tierra de los mercenarios, es una ciudad fortificada en donde se refugian los villanos más peligrosos. Además es un punto de encuentro para mercenarios de distintos rincones del continente. Se encuentra a dos días hacia el sur de Tierra Negra, a las faldas de la Montaña Roja.

**Wombat:** Dueño de la taberna a las afueras de Tierra Negra y socio de otras tabernas repartidas en distintos puntos del continente. Es también el nombre de un marsupial australiano muy poco conocido (Vombatus ursinus). Las descripciones que aparecen en el capítulo 11 son las características reales de este animal, a pesar de que en la novela se trate de justificar su apariencia con el argumento de la creación fallida de un tótem.